夏目漱石を読む

吉本隆明

筑摩書房

目次

夏目漱石を読む

渦巻ける漱石

『吾輩は猫である』
『夢十夜』
『それから』

『吾輩は猫である』

移動する耳と眼

きょうは漱石の『吾輩は猫である』、『夢十夜』、『それから』という三つの作品についてお話しいたします。別の言葉でいいかえますと、まだ混沌として渦巻いている作家漱石についてお話しすることとおなじだとおもいます。

『吾輩は猫である』という作品は、題名はとてもよくわたしたちの耳になれています。でも作品の中身は、それほどおもしろいとはいえず、いろいろなことが、断片的に、盛りだくさんに投げこまれてありますから、そんなに読みやすい作品ではなく、読まれた方はたぶんすくないかとおもいます。でも、当時とても評判になった作品です。この作品について何か申しあげるとすれば、まずいちばんはじめにいってみたいことがあります。作品は人間なみに口をきく「猫」が一人称で記述するスタイルになっていて、飼主の「苦沙弥《くしゃみ》先生」の家族や近所の家や、「苦沙弥先生」をめぐってその家に出入する「迷亭《めいてい》」とか「越智東風《おちこち》」とか「寒月《かんげつ》」とかいう常連たちの会話や事件について感想を述べる仕組みになっています。「猫」が記述するという設定をしたために、どういうところが作品のどんな特徴になったかということから入ってみたいと存じます。

すくなくとも第一章から第七章ぐらいまでは、この記述者である「猫」は移動してどこへでももぐりこんでいける「耳」という意味をもっているとおもいます。「猫」は移動する耳という役割をもちながら、飼主である主人の部屋や台所に忍びこんでいったり、他人の家の庭で聞き耳を立てたりして、それを語るというかたちで、作品が展開していくわけです。ところで、七章ぐらいからあとになりますと、「猫」は移動する耳という役割から、こんどは移動する「眼」という役割にかわっていきます。すると作品は、もうガラリと調子がかわってしまいます。つまり、この『吾輩は猫である』のなかの「猫」は、すくなくともはじめは人間たちのおしゃべりを盗み聞くというのが主な役割なのですが、その後半にいきますと、移動しながら人間どもの所作を観察する「眼」という役割を演ずるのです。

移動する耳という設定と、移動する眼という設定が、作者である漱石にとってどんな意味をもったかといえば、なかなかに重要な意味があります。たとえば移動する耳という「猫」の役割が高じていきますと、作者漱石にとって一種の幻聴だったとおもわれる音声、つまり、何も声を発していないのにそう聞こえているといったことが、猫が聞いたこととして記述されます。これはやはり、作者漱石にとって、大切な意味をもつとおもいます。

「猫」が移動する眼に転化しますと、作品は緊迫して、記述者が「猫」なのか、作者自身が「猫」なのか、作者自身が身を乗りだしていっているのか、あるいは、この『吾輩は猫である』の物語をくりひろげている語り手がいっているのか、その三者がぜんぶ一緒に渾融してしまうような白熱した文明批評が展開され、それを、その「猫」自体がやっていることになっていきます。つまり、眼で観察しながら、それをもとにして、かなり深刻な文明批評をはじめてしまうのです。そして作品としても、おもしろさとか、ユーモアということは払底《ふってい》して、なかなかに急迫した鋭い文明批評になっていきます。そして作者は、そうやってから、ときどきハッと気がついて、……というふうに主人はいったとか、「迷亭」はいったと書いたりして、「猫」だってそのくらいのことはわかるんだみたいな、ちょっとした言葉をさしはさんだりします。

でも、ほんとうは、もう記述者が「猫」だというのはどうでもいいといったふうに、「猫」も作者も、それから物語の語り手も全部イコールになってしまうのです。それもまた漱石にとって、たいへん大きな意味をもつとおもいます。なぜかというと漱石がこの作品ほど自己告白的な要素を含んで文明批評をやったことはそのあともないといえるからです。すこし細かくこの『吾輩は猫である』に立ち入ってみましょう。

会話の面白さ

「移動する耳」というふうに「猫」が設定されているために、どんな特色がうまれるか例をあげてみます。作品のなかで「寒月」という理学者が、理学協会で「首縊《くびく》りの力学」という講演をやるところがあります。そのときに、「寒月」は、「苦沙弥先生」の家へやってきて、その講演の草稿を読むからそれを聞いてくれないかといって、ちょうど「迷亭」も一緒にいまして、あしたやる理学協会での演説の草稿を読んで聞かせるというところがあります。

つまり、こういう設定は、もし「猫」が移動する耳でなければ必要はないので、すぐに「寒月」が理学協会で、「首縊りの力学」というおもしろいテーマで講演するその場のようすをそのまま描いてしまえばいいわけです。「猫」が移動する耳として、ナレーターの役割をしていますから、どうしても耳に入ってくるように描かなければいけない、そこで講演の原稿を、わざわざ「苦沙弥先生」のところへやってきて、読んで聞かせて批評してくれみたいなことをいうように描いています。この描き方はとてもまだるっこしいんですが、「猫」が耳として聞くためには、いきなり理学協会の講堂の場面にするわけにいきません。「猫」が「苦沙弥先生」の家で聞き耳をたてているのは不自然ではありませんが、理学協会へ「猫」がいって「首縊りの力学」の講演を聞くのは不自然だからです。

そういう個所はいたるところにあります。たとえば、作品のなかで手紙が朗読されることがあります。それもふつうの作品だったら、手紙がきて主人公がそれをあけて、黙読したところで手紙の内容の要旨を地の文で説明しそこに挿入すれば、作品としては済んでしまいます。すると読者は手紙の本文を読めないわけです。こんな場合もわざわざ手紙が引用されて、それを主人公が読む、同時に読者が読む、同時に「猫」が聞くというかたちの設定の仕方をしています。わざわざ「猫」を主人公としたために、作品のなかで、そういうふうな特異なつくり方をしていることが、すこし注意して読むとすぐにわかります。つまり、どうしても「猫」がそれを聞いているという設定を崩すことができないものですから、漱石はいろいろな工夫をやっております。

たとえば「寒月」とそこの娘と縁談がある金田家という大金持の家があります。その家で、「寒月」のことをどんな噂の種にしているか、それから、じぶんの主人である「苦沙弥先生」のことを、どういう評判の仕方をしているか、「猫」が盗み聞きしようと思い立って、金田の屋敷へ忍びこんでいくところがあります。縁先《えんさき》かどこかに隠れるようにして噂話を盗み聞くわけです。そこでは、「寒月」については、縁談のある金田家の令嬢が、あんなおかしな男はいないというような悪口をいっているのを聞きとどけたりします。それから、その「寒月」の先生だった「苦沙弥先生」についても、学校の先生だというけれども、あんなわからず屋はいない。金田家の書生が、「苦沙弥先生」の家の前を通って、ちょっと何かいったら、いきなりステッキをもって追いかけてきて怒りだしたと家族のあいだで噂話をしているのを、「猫」は盗み聞きしてきます。

ナレーターを作品に設定すれば、金田家ではこんな話がもちあがっていた、また「苦沙弥先生」のところではこういうことがあったという書き方になります。一匹の「猫」を語り手として作品が構成されているために、「猫」が潜んでいって盗み聞きするという描き方をすることになります。それがまたこの作品の特徴になっているともいます。

作品の前半はほとんどが、「苦沙弥先生」をめぐっていつでもやってくる常連の対話を、「猫」が聞いて記述しているかたちで成り立っています。会話のなかで文明批評がなされたり、人の噂話がなされたり、「寒月」の縁談の話がなされたりするわけです。このたくさんの会話から成り立っている特徴もまた、「猫」を語り手として設定したところから、どうしても構造上やらざるをえなかったということができます。違う言い方をしますと、滑稽小説としての性格をもった『吾輩は猫である』という作品の大部分の印象は、この会話のおもしろさから成り立っているといっていいでしょう。

「猫」が聞いたかたちですすむこの会話のおもしろさは、印象でいえば、たぶん落語の語り口にいちばん近いでしょう。まことに名人芸の落語家が語っているような無駄のない会話が、いつも「苦沙弥先生」をめぐる三、四人の常連のあいだで交わされていくわけです。くすぐるようなおもしろさではなく、知識、教養からいえば、たいへん高度な会話が交わされるんですが、ユーモラスな語り口を無駄なくおさえることで、もれてくる機智がポンポンと話を進行させてゆきます。漱石は、先々代の小《こ》さんが好きだったといいますから、そんな語り口がたいへんよく耳についていたんだとおもいます。「猫」が聞くこの会話のおもしろさが、作品のすくなくとも前半を支えているのです。

混沌とした漱石

ところで、当時の批評はこの作品を余裕のある滑稽小説とみなすものがおおくありました。ほんとにそうかということで、すこし内がわにめくれこんでいきますと、なかなかそういいきれないところがでてきて、一筋縄《ひとすじなわ》ではいかないのです。

漱石夫人夏目鏡子《きょうこ》の『漱石の思い出』というおしゃべりを筆記した本によりますと、このころ漱石は神経的にあやしいときで、実生活上異常な言動で家族が悩まされたと語られています。精神状態があやしいときに、高等な滑稽小説とみまがわれるような作品を書いたわけです。だから漱石自身にとっても、精神の逃げ道の一種という意味をもっただろうとおもわれます。つまり、「苦沙弥先生」をはじめ、常連たちがユーモラスで余裕のある会話を交わせば交わすほど、描いているものの内面の状態は惨憺たるものだったともいえないことはありません。また逆に、内面の惨憺たる状態は惨憺たる状態として作品に表現することはできないので、一種の悲しいユーモアとするほかなかったという言い方もできるでしょう。

この『吾輩は猫である』という作品は、「猫」が主人公たちのおもしろおかしそうな会話を聞いて、それを記述している設定では、おさまらないところに作品として入っていきます。つまり、「猫」が盗み聞きというようなところから、一種の幻聴の領域へ踏みこんでいってしまうのです。たとえば漱石の家のそばに、郁文館《いくぶんかん》中学というのがありました。鏡子夫人の『漱石の思い出』によれば、漱石はその学生さんとさかんにけんかをするわけです。それも夫人によれば、漱石の振る舞いは追跡妄想的だといわれています。『吾輩は猫である』のなかで郁文館は落雲館《らくうんかん》中学という名前で出てきますが、郁文館の学生さんが、ボール投げをしたボールが漱石の家の庭に転がってきます。学生さんは黙って垣根の隙間みたいなところから漱石の家の庭に入ってきて、ボールを探して、黙って拾っていくといったことになってきて、漱石がだんだん怒りだすわけです。そこが「猫」の盗み聞きが幻聴へ踏みこんでしまう境い目になるわけです。漱石は、だんだんとそういうことが高じてくると、郁文館の学生は、わざとじぶんのところにボールを転がしてきて、わざと垣根をこえてじぶんの家の庭へ入ってくるんだとおもうようになります。それと一緒に、郁文館の学生がガヤガヤ騒いでいることが、じぶんのことを噂して悪口をいっているんだと、漱石はだんだんそういうふうに思い込んできます。そうすると、ここらへんがたいへん微妙なことになるわけですが、漱石夫人の『漱石の思い出』を読みますと、下宿している郁文館の学生の姿が、ちょっと庭から見えたりすると、いきなり、おめえらおれの悪口をいってい るんだろうみたいに怒鳴ったりなんかするようになります。でもそれは被害妄想にも とづく思い過しで漱石がちょっと異常状態に陥っていたと述べられています。

『吾輩は猫である』では落雲館中学の学生たちは、金田家の指し金《さしがね》で、嫌がらせのた めわざとさわがしくボールをさがしにおしかけてくるという筋書きをつくっています。 そして金田家の主人に「これにゃあ、奴も大分《だいぶ》困ったようだ。もう遠からず落城する に極《きま》っている」などといわせているのです。漱石はこの作品のなかで巧みに被害妄想 かもしれない思い過しを、猫が盗み聞くというフィクションに変換して、解消してい るといえばいえるのです。妄想の物語とフィクションの物語とを同一にするために、 滑稽小説の外観が必要だった、だからこの作品を漱石の宿命の物語として解すること もできるのです。これが『吾輩は猫である』の本質としての作品ということになりま す。

「苦沙弥先生」はあるとき、とうとう落雲館の学生をひっつかまえてとっちめたうえ、 落雲館の先生を呼んで、断りもせずに人の庭に入ってきてボールを取るというような ことをどうして許すんだと文句をいいます。それで、よく注意しますみたいなことで そこの場はおさまるわけですが、その後もボール投げの球が転がってきます。そうするとこんどは、学生がわざわざボールを転がして、お宅へ入ったから取らせてくださいと断ることで、仕事も手につかないように仕組んでやっているんだと、「苦沙弥先生」はうけとるわけです。

こういった設定は、いってみれば、作品のなかでは、「猫」が盗み聞きするというところからごく自然な延長線で、フィクションと被害妄想が等価なところに入っていくことになっています。作品のなかでは金田家の書生が「苦沙弥先生」の家の前を通りかかったとき、ステッキをもって先生がとびだしてきたと金田家の主人はいいだすのです。「なあに、ただあの男の前を何とか云って通ったんだそうです、するといきなり、ステッキを持って跣足《はだし》で飛び出して来たんだそうです。よしんば、ちっとやそっと、何か云ったって小供じゃありませんか、髯面《ひげづら》の大僧《おおぞう》の癖にしかも教師じゃありませんか」。ここには正常と異常の境界性があります。おなじ例をいえば、隣の車屋さんの家族の連中が、よく垣根の外で立ち聞きしている、それは金田夫人に頼まれて盗み聞きしているんだと書かれています。

もちろんこの作品はフィクションですから、どんな設定をしてもいいわけです。そうしたほうがおもしろおかしくなるから、という理由があればどんな虚構でもいいことになりましょう。でもここに作者漱石の現実の精神状態を一緒に対応させてみますと、この種の設定は、漱石の異常状態の神経がさせているとうけとることもできるわけです。ここがとても微妙なところで、この微妙なところがまた、笑いの後ろ側に血の涙をにじませている漱石がいるんだというらけとり方を読む人の側がしてもよいところでもあるわけでしょう。

こうかんがえてきますと、『吾輩は猫である』という作品は、ゆるぎない軌道をみつけだしたあとの作家と、作家以前の漱石との、その中間の混沌と渦を巻いているときの漱石を象徴するものといってよいとおもいます。その渦巻きのなかには、知識あるエリートとしての漱石がいたり、やや異常な神経に時として陥ってしまう漱石がいたり、孤独で人間嫌いで世間嫌いな漱石がいたり、それらが全部ごちゃまぜに、秩序なく、混沌としてふくまれた内省的な自意識の多様な表出として存在するというふうに読めてきてよろしいわけです。『吾輩は猫である』をそんな読み方でつかまえますと、この作品は、複雑な作品で、しかもしいていえば、軌道が定まった漱石より以前の、混沌とした漱石のすべてのものが投げこまれているとうけとることもできます。

息苦しい批評

『吾輩は猫である』の「猫」は、第七章くらいになってきますと、移動する耳、あるいは盗み聞く耳をもったナレーターという役割から、眼で観察して、文明批評や人物批評を直接にやってのける「猫」という場所に、だんだん移っていきます。この変化と一緒に、滑稽小説としての装いはうしなわれていって、ストレートで辛口の批判的な毒舌を、眼でみた対象にたいして加える、ゆとりのない息苦しい批評がそのまま作品になってゆきます。移動する耳であった「猫」というところではゆとりがありますから、作者とこの作品を物語っている語り手と、それからこの盗み聞きをしながら近所じゅうを歩いている「猫」とが、三者三様に大体まだ分離しているふうに猫かれています。それだけ構成にゆとりがあるということです。後半になってくると、もう作者と「猫」と物語の語り手とが、三者イコールになってしまいます。いきなり作者が「猫」になりかわって、何か文明批評したり、人物批評したり、辛辣《しんらつ》な独白をいってみたり、あるいは「苦沙弥先生」のあばた顔のことを「猫」の名を借りて批評してみたりすると、すぐにほんとは作者自身のことを自己批評しているというふうにうけとっても、いっこうに差し支えないように作品がつくられてしまいます。

これはいろいろな理解ができるわけです。作品として破綻したので、滑稽小説としての意味はなくなってきた、後半にいたってこの作品は失敗しているというような言い方も、もちろんできましょう。しかし、逆にいいますと、この会話体で始まって落語家のやるような滑稽なしかも高度な笑いをふりまいた作品は、だんだん作者自体が本気になるにつれて作品のなかにみずから身を乗りだしてじぶんの主観的な告白とか、批判とか、人物批評とかにだんだん転化していった。つまり、作者漱石自体に、ゆとりがなくなってきたんだという見方もできます。

漱石は作品をこしらえていながら、あるところでじぶんの主観を作中の人物に憑依《ひょうい》させてしまうところがあります。作品の出来ばえを問えば、いろいろなことがいえるでしょうが、大なり小なり漱石の作品が訴えかけてくる感動は、作者が、われを忘れて身を乗りだしてきて、小説の枠組みを跨《また》ぎ越してしまうところにあるような気がします。まじめで真剣なものだから、けっして読者に悪い感情をあたえないんです。しかし作品としては枠をやぶって破綻をあたえているところでもあります。でも万人に共通な悲しみに訴えかけてくるところがあり、それがつよいかたちで出てくるもので、漱石の作品がおおくの人にいつまでも読まれている根拠になっているとおもいます。

そうかんがえていきますと、この作品の後半も、作品としての破綻とかはもうどちらでもよくなって、作者自身が「猫」のかわりに乗りだしてきて、文明批評や社会批評や人間批評をおもわずやってしまい、ときどきハッとおもいかえして「猫」が見たんだみたいな叙述をちょっとさしはさんだりしています。でも一種のいいわけにしかとれないぐあいになっています。

後半第七章からあと「観察する眼」というふうに「猫」の性格が変化したあとでいちばんおもしろいところは、主人公の「苦沙弥先生」が、夕方になると、手ぬぐいと石鹸箱をもってブラリと家を出て三、四十分帰ってこないことがよくあり、たぶん銭《せん》湯《とう》へいくんだということで、「猫」が追いかけていって高い明り窓の棚のところで、下にみえる湯《ゆ》船《ぶね》や洗い場のごったがえしを観察する記述のところです。湯船の隅っこの方で「苦沙弥先生」が、押しつけられて縮こまって、茹《ゆ》でダコみたいになって入っているのがみえます。あれじゃ主人がかわいそうで湯からあがってこれないじゃないか、なんてぐあいに「猫」が見ている銭湯の観察がたいへん細かく見事に描写されています。

漱石が銭湯で相客をどなりつけたという逸話の出どころは、たぶんこの「猫」の見た光景からでているのだとおもいます。「苦沙弥先生」は洗い場でじぶんの斜め前で湯をはねかえして洗っている相客に、湯がかかるぞ気をつけろとどなるところが「猫」の観察として描かれています。太宰治がからかい半分に、漱石先生は流石《さすが》に偉い文学者だ、銭湯で相客をどなって慴伏《しょうふく》させたそうだ、われらのような軽薄な文士には真似ができないと書いた文章がありますが、やはりここが出どころだとおもいます。

ところで、ナレーターとしての「猫」という設定は次第に消えて、あとになるほど猫イコール作者というふうになっていきます。内容も一種の文明批評みたいなことになっていくわけです。それを語るひとつのエピソードをあげてみます。「猫」は、家の主人つまり「苦沙弥先生」はあばた面をしているといいだします。子供のときにちゃんとホウソウの種痘《しゅとう》を腕にしたんだが、そのホウソウの菌が顔のほうにくっついて天然痘にかかってしまった。それで、かゆいものだからやたらにひっかいて、そのあとがあばたになった。家の主人は、こういう顔を学生の前でさらして講義をやっている。学生のほうでは、家の主人から英語を習うと同時に、顔のあばたを見ながら、前世紀の遺物だという所縁《しょえん》を観察できるわけだ。ホウソウであばた面になるというのは、徳川時代にはまだしも、明治ご一新《いっしん》以降ではたいへんすくなくなって、町で見つけようとおもってもなかなか見つからないぐらいだ。どうしてかといえば、それは種痘ができて絶滅に近くなったからだ。それなのに、家の主人があばた面をしているのは、要するに前世紀の遺物をひきずっているということだ。「猫」は「苦沙弥先生」の顔を観察してそう批評します。

この「猫」の批評は、作者漱石が自己批評を「猫」の観察の描写をかりてしているということです。漱石はじぶんの顔があばただったということが、たいへん気になるところだったと同時に、それをどんなふうに解釈していたかを自己告白してみたかったのだとおもいます。漱石の自己批評はあばたになって人相が悪くなったというところを気にしているというよりも、こういうあばたみたいなものをぶらさげているということは、何か前世紀の遺物をぶらさげているようなものだというところを気にしていることがわかります。そこが漱石の羞恥心をかき立てるものだったということを「猫」の観察と口をかりてやっているわけです。

　これはたぶん漱石にとってかなり切実で深刻なものだったにちがいありません。公刊された漱石論のなかで、この漱石のあばたというのはかなり重要だということをいっているのは、江藤淳さんだけだったとおもいます。それはたぶんこの『吾輩は猫である』のところからかんがえたのだとおもいます。江藤さんは、女性関係で、漱石が劣等感みたいなものをもったという意味あいで、この漱石のあばたはとても重要な意味をもつという理解の仕方をしています。

　でも漱石自身は、この『吾輩は猫である』という作品を読む限りは、そういう意味では、すこしも劣等感をもってないことがわかります。きわめて明朗闊達《めいろうかったつ》に、あばたのまえはおれは美男子だったぞと「苦沙弥先生」が奥さんにいっています。ただ、劣等感をもっているとしいていうとすれば、あばた面をしているなんていうのは前世紀をひきずっているようなものだという意味だとおもいます。だけど相当重要だったということは、確かにいえるとおもいます。漱石はかなり真剣に「猫」になりすまして、じぶんのあばた面について自己批評しているからです。漱石は、あばた面ではちっとも悲しくないんですが、だんだん深刻な主題で自己批評がくりだされてくると、悲劇的になってきます。

漱石の偉大さ

漱石がわたしたちに偉大に感じさせるところがあるとすれば、つまり、わたしたちだったら、ひとりでに目に見えない枠があって、この枠のなかでおさまるところなら、どんな辛辣なことも、どんな自己批評も、どんな悪口も、なんでもいうということはありうるわけですけれども、漱石は、そういう場合に真剣になって、度を越してあるいは枠を超えちゃっていいきってしまうところだとおもいます。じぶんに関することもそうですが、文明批評に関することでも、他人の批評に関することでも、あるいは世間にたいすることでも、ぜんぶ、枠組みを超えていいきってしまうところがあります。しかも言い方が大胆で率直なものですから、すこしも悪感情をもたせないんです。しかし常人だったら、ここでとめるというようなところを、はるかに枠を超えていいきってしまいます。そういうところでやはりこの作家の偉大さを感じます。漱石が、度を越して、あるいは閾《いき》を超えて、境を超えてひとりでに入っていってしまうところ、別にためらいもないし、また利害打算もどこにもなくて、ほんとに心からいいきってしまうところが魂の大きさで、なかなかふつう作家たちがもてないものですから、偉大な文学者だなとおもうより仕方がないわけです。

漱石自身が「猫」にのりうつってしまった後半で、自殺の哲学みたいなものを、文明批評のかたちで「苦沙弥先生」に語らせるところがあります。これなど作者がじぶんでいっているのとおなじで、いきなりストレートに自殺の哲学を論文調でやってしまいます。

だんだん文明が発達してくると自殺する人がふえていく。それは神経衰弱になる人がふえていくからだ。そして極端に文明が発達していけば、しまいに人間はみんな自然死する人はいなくなっちゃって、全部が自殺死ということになっていくだろう。それで、警察官みたいなものの役割は何かといったら、いつでも殺人棒みたいなものをもっていて、自殺したいやつをひっぱたいて殺してやるとか、そういう役割をもつようになっていくだろう。つまり、だんだん文明が発達していけば自殺者がふえ、しまいには自然死の人がいなくなっていく、そして、これが文明の高度化が人間の神経にあたえていく衰弱の極まったところだみたいなことを、とても大まじめに、「猫」がやる論議として、実際は作者自身が身を乗りだして本気になって論じているところがあります。

その種のことを、もうひとつぐらい申しあげますと、夫婦別居論というようなことも、とことんまでやるわけです。つまり、女の人はだんだん偉くなる。利口になる。そうして、親子の関係も保ち難くなる。そうすると、家庭は壊れていくにちがいない。そして、夫婦が別居して生きていくことがふつうの状態になっていく。それはもう疑いないことで、どこからも止めることができないだろう。これは見事な予言的なもので、現在そうなりつつあるものです。「猫」は主人公たちの口をかりて、文明批評としてそんな主旨を展開してゆきます。ここでは「猫」であっても、作者であっても、ちっとも文体を変える必要がないことになってしまっています。こうなればもう小説作品のていさいをとる必要はないわけで、漱石が文明批評の論文なり随筆なりをそのままストレートに書いたものとおなじだということになります。

『吾輩は猫である』のはじめは、「猫」と語り手と作者とは一応区別してありますが、だんだんこの三つはイコールなんだというふうに変わっていってしまいます。それと一緒に作品としては滑稽小説や東洋風の余裕とかユーモアはなくなって、せちがらく、ある読み方をすればたいへん深刻な漱石の自己告白と、それから文明批評と、社会批評と、人物批評ということに変わっていくのです。ひとつの作品のなかにこれだけの変化をつくってしまっています。それから前半と後半では、もう作品の雰囲気自体が変わっています。破綻といえば破綻ですが、よくかんがえてみれば初期の渦を巻いて混沌とした漱石がはっきりと全面的に、さまざまな要素のなかに噴きだした作品だといえるとおもいます。

『吾輩は猫である』は簡単に読めば、高踏な、知的な落語みたいな滑稽小説として、日本の近代文学のなかでは珍しい特質をもった作品といっていいでしょう。読み方いかんによっては、初期の混沌とした漱石の知識から性格悲劇までのあらゆる要素が、滑稽さと歯切れのいいべらんめえ口調を装って渦巻いています。この二つの読み方を両方の極端として、そのあいだで読者は、『吾輩は猫である』という作品を読んでいるわけです。

総合としての作品

『吾輩は猫である』を本にするとき、漱石自身はこれは頭も尻尾もない小説だといっています。作品の主な内容をしいていってみますと、寺田寅彦をモデルにしたといわれる「寒月」という理学者と、その縁談の相手だとされる金田家という富豪のうちの令嬢と権高《けんだか》で嫌味な母親とをめぐって、「寒月」の先生である「苦沙弥」やそこへ集まってくる閑人たちが風雅に騒いでいる物語といえそうです。「寒月」と金田家におこった縁談にあまりいい感じをもたない「苦沙弥先生」周辺の人物たちの言動を描くというような筋立てが、この作品のなかでいちばんおおきな山になっています。この山は、漱石のそのあとの作品に尾をひいているとおもいます。たとえば、『三四郎』のなかで、野々宮さんという理学者が出てきます。その野々宮さんと、なんとなく婚約したと周囲からおもわれている美禰子《みねこ》というモダンな女性との関係は、この『吾輩は猫である』の「寒月」と金田令嬢との関係の後身だといえましょう。

場面のクライマックスとしてみた『吾輩は猫である』は、「寒月」が知人の家でヴァイオリンの合奏会をやった帰りに、吾妻橋《あずまばし》の上から隅田川をながめていると、その水の面のほうから金田令嬢が「寒月」を呼ぶ声が聞こえてくるところです。はじめは、幻聴かなとおもっていると、だんだんほんとうらしくおもえてきます。そしてしまいに、いま行きますよと「寒月」がいいながら吾妻橋の欄干《らんかん》の上に乗って、水のなかへ飛びおりようとします。それで気を失うわけですが、水のなかへ飛びおりたとおもったら、橋の真ん中のほうに飛びおりて目を回しちゃう。そこらあたりが、場面としてみたこの作品のクライマックスです。

「猫」の眼をかりて作者漱石がじぶんの日常生活の批評をしているところがあります。「苦沙弥先生」が家人に内緒でジャムをよくなめるとか、ガラガラ、カラスみたいな声を出してうがいをするとか、日常生活における漱石とおもえるものをとてもよく描いています。奥さんの頭の真ん中にハゲがあるみたいなことまで書かれています。もっといってみますと、「苦沙弥先生」が、自身は学校の教師なんていうのは大嫌いだけど、もっと嫌いなのは実業家だというところがあります。ちょうど来ていた「多々良《たたら》君」が、それじゃ好きなのは奥さんだけかと半畳《はんじょう》をいれると、それはいちばん嫌いだと先生はいいます。それを傍できいていた奥さんが、あなたは生きているのも嫌いなんでしょうとからかいますと、あまり好きじゃないと「苦沙弥先生」がいうところがあります。なにげなく読み過ごせばそれまでなんですが、こういうところを作者漱石の実生活と対応させて読みますと、漱石は滑稽な口振りをしながら、かなりほんとうのことをいっているとうけとることもできるわけです。

そうみてきますと『吾輩は猫である』という作品は、作家としての軌道が定まるまでの漱石を、すべて総合した作品だと見ることができましょう。逆にいえば、『それから』という作品で作家としての軌道が定まっていくまでに書かれた作品、小品のたぐいは、『吾輩は猫である』で、部分的にあるいは断片的にいったことを、ひとつずつ拡大して一篇の作品に仕組んでいったものだという解釈もできるかとおもいます。『吾輩は猫である』という作品は、とても多面的な作品です。そしてすくなくとも前半の部分は、読み過ごそうとおもえば、とても楽々と読めて、ほんとうに頭も尻尾もないんです。

この作品を書きながら、『坊っちゃん』とか、『草枕』というような小説が、この作品の後半に入ったころ同時に書かれていきます。この二つの作品の文体は、やはり『吾輩は猫である』の半ばから後ろにかけての漱石の文体と、ほぼおなじ位置にあるとかんがえられます。「猫」のような語り手の設定をやめて、じかに登場人物をしつらえて、一人の語り手が登場人物の言動について語るという構成になっていきます。ちょうど『吾輩は猫である』の断片が、それぞれ独立した小説になって、だんだん煮詰められてゆく過程にあるといってもよさそうにおもえます。そうしながら『夢十夜』などにつながっていくのです。

類例のない作品――『倫敦塔』『幻影の盾』『カーライル博物館』

ここでもうひとつ申しあげてみたいことがあります。漱石がこの『吾輩は猫であつまり英文学の蘊蓄《うんちく》やイギリス留学の体験を主題にした騎士物語のエピソードをアレンジして、随筆とも、研究論文とも、物語ともつかない短い作品を書いています。

作家としての軌道が定まってからの漱石と関連づけるために申しあげますと、この『吾輩は猫である』の時期はなんなのか、あるいは、漱石の混沌とした時代とはなんなのか、それはどの方向へ行こうとしたのかということです。先ほど、この時代の漱石はたいへん巨大な混沌とした渦巻きなんだと申しあげました。そしてこの渦巻きをいちばん大きな断面で切ったところが、この『吾輩は猫である』という作品に該当するとおもいます。その渦巻きは、どんなふうにできていったか申しあげてみましょう。

まず勉強家としての漱石がいます。かれは一生懸命勉強して、初期の日本の官立大学の英文学科を出た名だたる大秀才でした。漱石の英文学をヨーロッパ文化といいかえてみますと、まずヨーロッパの本場からやってきた教育者が明治の近代文明の最初の移植者でした。それが日本の大学で教えたときの第一代目の教え子が、日本人の最初の外国文明の移植者ということになります。文学でいえば、漱石、鷗外の世代に当たるわけです。漱石は留学して向こうの知識を背負って帰ってくるわけですが、ヨーロッパでいう文学と、じぶんが知識、教養としてつみかさねてきた漢文学や儒教文明と違うことが、留学してみてはじめてわかるわけです。日本国を背負ってヨーロッパの文学を学んでくる使命を帯びた留学生としての自負と責任感があるものですから、一生懸命勉強して、英文学、英語学、それからヨーロッパ文化を背負いこんで、できるだけ吸収して帰ってこようとするのですが、あまりの落差とあまりの異質さ、それからあまりに巨大な使命感で、とうてい背負いきれるものじゃないことを感じて、ほとんど神経衰弱になって帰ってきます。

『吾輩は猫である』という作品の断面にみえる巨大な渦巻きは何かといえば、日本へ帰ってきて、なんらかのかたちでその重荷を吐き出して、お返しするとともに、捨ててしまいたいということでした。

『倫敦塔』とか、『カーライル博物館』とか、それから『幻影の盾』みたいな小品は、文章の性格としていえば、小説ともつかないし、エッセイともつかないし、研究ともつかないし、あるいは旅行記、見聞記ともつかないなんともいいようがない作品です。このいいようのなさは漱石のなかに、その留学の勉強を吐き出すことがいいようのない不快感であったことを意味しています。せっかく学んできた英文学だから、レポートみたいにちゃんと提出しましょうとか、もう重くてしょうがないからはやく吐き出してしまいましょうとか、あるいは、こんなものはじぶんがかんがえている文学とはまるで違うんだからどんどん捨ててしまいましょうとか、そういうさまざまな意味がこめられているものですから、『倫敦塔』や『幻影の盾』や『カーライル博物館』などは、初期の明治の文学のなかへ入れようとしても入れられないわけです。

それは漱石が背負いこんだものが、類例がなかったことを意味します。写生文でもないし、自然主義の小説みたいなものでもなく、名付けようがないわけです。難しい字で難しい表現がしてあって、漱石の教養のほどもロマンチシズムもわかるし、勉強してきた英文学の知識もわかるのですが、だから何をどうしたい表現なんだとでも問うてみれば、なんともいいようがないとおもえて、同時代も後代も敬遠してやまない作品になってしまいました。

漱石自身にとっては、逆にこれを吐き出さなければ、じぶんが軽くなれないし、英文学にも文部省にも借金がかえせないといった意味をもっていたとおもいます。これはいまかんがえるほど、漱石にとってはつまんない作品じゃなかったことを意味しています。混沌とした漱石が、じぶんの方向を見つけていくためには、どうしてもこれを書いておく必要があった作品にちがいないのです。

漱石は、西欧文明というものに見合った行為を、一種の国家的使命みたいに感じていたまじめな人で、また、大秀才ですから、いっぱい背負いこんできて、いっぱいわからなくなって帰ってきました。英語学もだめだ。英文学もわかってこなかった。文学とはなんぞやということもわからない。当時はもちろん現在からみても漱石の作品のなかでいちばんつまらなくおもえ、しかも読みにくい作品です。ただ漱石の学問のほど、勉強のほどはたいへんよくわかりますよというふうにしかみえないわけです。でも漱石にとっては、これを脱ぎ捨てなければ、文学とはなんぞやということにこだわってきたじぶん白身も、またこれから行く道もわからないというほど重要な作品だったということができましょう。

成熟し、軌道も定まり、そして作品としてもたいへん本格的になっていった後年の漱石よりも、ある意味でいえば『吾輩は猫である』をひとつの大断面として、その後ろに点々とある作品群は大切な意味をもっていました。

『夢十夜』

わけのわからない作品――「第四夜」

『夢十夜』は、漱石の研究家が大切な作品だと認めているものだとおもいます。ただ物語としてはべつにどうというほどの作品ではないようにおもえます。また、夢の記述としてみたとすれば、すご味のある話が少数あります。でもいま興味をひく夢というほどでもないとおもいます。なんとなく評価がしにくく、これだけを読もうという読者は、とまどいを感じるのではないかとおもいます。そんなことからいえば、なんとはなしに脇によけられた作品だとみられてしまいます。漱石が漱石らしくないところで書かれた作品のような感じをあたえます。

ところで、『吾輩は猫である』の流れからいいますと、この『夢十夜』は、とても大切な作品だということになります。どこが大切か、人さまざまに読んで理解できるとおもいますが、大づかみに作品の性格づけをしろといわれれば、「宿命」の物語だと要約したい気がします。

人間の宿命はどこで決まるかといいますと、まず第一次的には、母親の胎内か、あるいは一歳未満の乳児のときの母親との関係のなかで決まっていきます。そして無意識のいちばん基底のところに入ります。それでも宿命というのは、何もそれに従わなければならない生涯の決定因ということではありません。内在的に人間というのを理解した場合には、宿命を超えることが人間にとって生きるということだということになりましょう。またその生きるということをたえず引っ張っていくのが宿命だというふうにいえます。もちろん誰もがこの宿命が第一次的に形成される時期のことを、じぶんで知らないわけです。知らないのに無意識の底からそのひとの自己史をたえず引っ張っているものだと理解されます。

漱石にとって、この『夢十夜』は、そういう意味で、じぶんの宿命についての物語だというふうに読むのが、いちばん妥当な読み方だとおもえるのです。

こんなことを前提としてふまえたうえで、すこし『夢十夜』の細かいところに触れてみたいと存じます。この作品の十篇の夢の話は、いくつかに分類できます。ひとつは、わけのわからない作品だとしか読めないものです。もうひとつはとてもよくわかるというふうに読めるものです。それから、もうひとつは夢の話が夢をみた者の乳幼児期にかかわる宿命としてだけでなく、人間の歴史の乳幼児期、つまり、民俗学とか人類学が対象とする民話とか、伝承とか、神話などと、どこか糸でつながっているような作品です。

はじめに、読んでもよくわからない夢の話から申しあげてみます。『夢十夜』のなかで、まず第四夜にある夢です。お爺さんが、土間の縁台のところにお膳を置いて、ちびりちびり酒を飲んでいる。おかみさんがやってきて、お爺さんはどこに住んでいるのかと聞くと、お爺さんは、おれはヘソの奥に住んでいるんだというわけです。表の向こうの方に川が流れていて、そのそばに柳の木が生えています。

そのうちお爺さんは立ちあがって、子供が柳のそばで三、四人遊んでいるところへ行って、子供等をからかって手ぬぐいを出して、これはいまにヘビになるんだというんです。でもなかなか、ヘビにならない。そのうちにお爺さんは、これはいつかヘビになるんだみたいなことを口ばしりながら、流れている川へどんどん入っていっちゃって、ナレーターである観察者が、ああ、あのお爺さん、川のなかへ入っていっちゃったけれども、いまに、向こう岸に出てくるぜとおもっていると、お爺さんは、とうとう出てこなかった。そういう夢です。

これは、そのままお爺さんは溺れて死んじゃったという夢だとおもいます。ただ死んじゃったというのがおかしければ、やはり死ぬ意思があって死んだというふうに、ふつうだったら受けとれるわけです。たぶん専門家でこの夢を解析している人がいるんじゃないかとおもうんですが、この夢はわからない話だなと読めてしまった話のひとつです。何がわからないかというと、背が立たなくなって息が苦しくなったら引き返してくるはずでしょう。そうじゃなければ、初めから自殺の意思を示しておいて行くはずだというのが、当然の振る舞い方なんですが、記述はそのどちらでもありません。その描き方がよくわからないところです。

さればといって、これが夢そのもので、漱石がこのとおり夢みてアレンジしただけだと受けとるのは、なかなかたいへんです。すると、この作品はよくわからないというのがよいようにおもいます。わかることがあるとすれば、死というのは、生きているところから、病気になるとか、事故に遭うとか、どこかで何かがあって、死にたどりつくというふうにあるべきところを、初めから予告もなしにスムーズに死の方へ行っちゃうというところだとおもいます。そこのところは物語としても現実の話としてもわからないが、夢だったら、スムーズに、だんだん川の水に潜っていっちゃって出てこなかったと夢みることはあるんじゃないか。そこだけはもしわかるといいたければわかるかとおもえるのです。意味などかんがえるのがおかしい無意識像の断片を寄せ集めたような夢は誰にでもあります。そうだとすれば川のなかに入っていって出てこなかったという断片が漱石にとって捨て難いしこりとして残ったから書かれたのかもしれません。

ただ全体としてみますと、この話はよくわからないというのが、僕の印象です。これをわからないといっておくことは、わかるということとおなじくらい、大切なことだと僕にはおもえます。夢というのは、しばしばわからないところを、すーっと境界を超してしまうことがあります。この挿話はその一例とみれば、夢はそこにあるなとおもえます。でも、全体の物語としてみたら、まるでよくわからないのです。物語としてわからなくても、夢としてわかればいいわけですが、夢見としてもよくわからないのです。ただ、夢の情景の断片としてみれば、すーっとこう、川のなかへ入っていって、そのまま出てこないという、入り方と出方は、夢らしいところが一点あるとおもえます。

「第五夜」「第六夜」

もうひとつ、第五夜も、とてもわかりにくいものです。第五夜は、じぶんは戦《いくさ》をして負けて、敵の大将につかまる。おまえは死ぬのをえらぶか、生きるのをえらぶかと迫られます。死ぬのをえらぶというのは、降参するのはいやだぞといって首をはねられて死ぬということです。それから、生きるのをえらぶというのは、降参して、おまえのいうとおりにすることを意味するわけです。ここでじぶんは、おおいに突っ張るわけです。でも死ぬまえに、知っている女の人に会いたいんだというと、明け方のニワトリが鳴くまでならば、待ってもいいが、それ以降は会うことはできないと敵の大将からいいわたされます。

じぶんはかがり火の前に引き据えられて、縛られていると、そこへ馬に乗って、女がやってくるわけです。そのときにニワトリが鳴いて、明け方になってしまいます。その女は岩のところに馬のヒヅメがつっかかって淵に転げ落ちてしまうんですが、そのニワトリを鳴かしたのはアマノジャクでした。だから、馬のヒヅメの痕が岩に残っているあいだは、そのアマノジャクはじぶんの敵なんだというふうに書かれてあり、そこでこの夢の話はおわるわけです。この第五夜も、あまりよく意味がわからない作品だとおもいます。漱石自身も書きながらじぶんでわからなかった作品じゃないかとおもえて仕方がありません。

漱石が連想したかどうかわかりませんが、この話で連想できるのは、『平家物語』のなかの木曾義仲の最後のところです。範頼《のりより》の軍勢に敗れて、側近の家来を一人か二人連れて義仲は逃れていきます。そして、もうこれまでというところで、じぶんの好きだった女に会ってから死のうとおもって会いにいきます。側近が、会っているあいだだけ、敵が来たら、じぶんが防いで敵を入れないようにしますといって、義仲と女との会う場面をつくります。だけど、名残りが惜しくてなかなか義仲は出てこないのです。そうすると、その側近の武者はお腹を切って、貴方のような大将軍が、死に際に女性とたわむれていて死に遅れたというふうに聞こえたら、とても恥とおもうから、じぶんはまず死出の旅の先がけをするつもりだといって、死んじゃうんですね。そのあとに義仲も出てきて討死してしまうというところです。『平家物語』のクライマックスのひとつです。それをなんとなく連想させます。しかしほんとうはまったく意味不明です。つまり、物語が不明だとおもいましたが、物語が不明な小説というのは、もともと成り立ちえないわけです。つまり文学でもなんでもないわけです。漱石は、もしかすると、重要な意味をこめていたのかもしれませんが、そうはおもえないで、むしろ最後で、ニワトリを鳴かしたのはアマノジャクでというようなところが、まずいお話に仕立てようと故意にくっつけたとおもえて仕方がないんです。漱石がほんとうにみた夢の断片が、このなかにこめられているともおもえないし、さればといって、これがまともな物語だというふうにも、とても読めません。

もうひとつ、第六夜の夢があります。この夢は物語としてはとてもわかりやすいものです。護国寺《ごこくじ》の山門で、運慶《うんけい》が仁王さんを彫っているところを、みんなが騒いで見物しています。行ってみるとまわりの者はみんな明治の人間でした。運慶が明治まで生きているのはおかしいなあとおもいながら、見事に仁王さんを彫りすすんでいくのをみています。そしたら傍にみていた見物人が、あれは仁王を彫っているんじゃなくて、あの木のなかに埋まっている仁王を運慶が掘りだしているんだといいます。なるほどとおもって、うちへ帰って、木を彫ってみたけれど、なんにも埋まってなかった。それで運慶が明治のいまになっても生きている理由はとてもよくわかった。これが夢の話の落ちになっています。

この第六夜の夢は物語としてわかりやすいのですが、夢としてわかりやすいとは、とてもおもえません。つまり、夢としては無意味じゃないかとおもいます。逆に夢じゃなくて、漱石がつくった話かなとかんがえられるわけです。名人の彫刻家が、木を彫ってすばらしい彫刻をつくるという感じ方を、裏に返していえば、もともと素材の木のなかにはそれが造形されてあるようにみえる。ただ、運慶のような名人はそれを掘り起こしているだけだという言い換えを漱石は夢の話に仕立てたのではないか、そうおもえるわけです。

そうみていきますと、この夢の話は、宿命の意味をなさないのです。つまりただつくられた短篇の物語という意味になります。宿命という観点からいえば、まったく意味が不明です。

よくわかる夢――「第一夜」「第二夜」「第三夜」

わからない夢として、いままで触れてきた三つの話はよけてしまうことにしてみます。つぎにわかる夢の話を申しあげてみましょう。たとえば第一夜の夢はとてもよくわかるとおもえます。第一夜の話は、女が死にそうになって横になっているのをそのそばにいて、眼をのぞきこんでいます。ちっとも死にそうにおもえない。ですが、女のほうは、もう私は死にますというのです。女は、私が死んだら貝殻で穴を掘って埋めてください、埋めたら、空の星のかけらを墓標のかわりに置いて、墓のそばで待っていてくださいといいます。待っていると答えると、女は、百年間待ってください、きっと会いに来るからと申します。それで、そのとおりに女を抱えて、掘った穴のなかに埋めてやって、土をかぶせ、星のかけらをその上に置いて待っています。

日が昇って、また日が暮れてというふうなことが何回も何回も限りなく繰り返されます。そのうちに、ある日墓石の下から、ユリのつぼみをつけた茎が自分の方に向かってのびてきて、胸のあたりで白い花が開いてとまります。もしかするとこれが、死んだ女の生まれ変わりじゃないかと気がつきます。それで、よくかんがえてみると、やっぱり百年たっていたんだとじぶんはおもいます。話としてはこれだけです。

これは、いくつかの個所がほんとの夢にあった場面だとおもいます。たとえば、墓石のそばからユリの花が出てきてというようなところは、やっぱりこの種の夢をみたんじゃないかなとおもえるわけです。来る日も来る日も、日が昇って、また落ちてということが繰り返されたというのも、なんとなく夢の感じがでています。それから、なぜこんな夢をみたんだろうかという、夢の動機まで遡ってみますと、これはたぶん、好意を寄せていた死んだ兄嫁のことがどこか心にあって、こういうかたちで夢にでてきたのではないか。漱石にとってありうることのようにおもえます。それに漱石は花が好きでした。作品のいたるところで花がその香りとともに出てきます。この夢の話はとてもわかりやすくて、またいい夢で、それをいくらか物語として脚色しているでしょう。基本のところは、たぶん間違いなく漱石の宿命のようなものにかなった夢だとおもわれます。この第一夜の夢の話はわかりがいいものだとかんがえました。

それから、第二夜もたいへんわかりがよいとおもいます。第二夜の話はじぶんが禅寺へいって、さかんに座禅を組んで修行をします。でもなかなか悟りを開けないのです。おまえは侍のくせにちっとも悟りが開けないで、だらしないやつだといわれてしまいます。それで、おおいに憤慨して、もし悟りを開けなかったら、おれは死んじゃおうとおもうわけです。また悟りが開けたら、あの坊主を生かしておかない、坊主を殺しておれも死んじゃおうとおもって、一生懸命座禅を組みますが、なかなか悟りはやってきません。そのうちに、もう時間がきて、和尚のところに、悟りを開けたか開けないか、その公案をもっていく時刻がやってきてしまいます。だから、もうじぶんは死ぬより仕方がないので、そばに置いてあった短刀を取りあげたというところで夢の話はおわっています。

これもたぶん、漱石が実際に二十代のころに、鎌倉の禅寺に座禅を組みにいって修行したことがあるので、そのときの体験が、こういう夢になってあらわれてきているといえましょう。言葉として整えてはありますが、これはほんとうに夢としてありえたものだとおもいます。

第三夜の夢の話も、とてもわかりがいい夢といえそうにおもいます。じぶんは目のつぶれた子供を背負って歩いている。そして、そのうちに背中の子供が、どうもおかしなぐあいで、妙なおっかないことをいったり、ささやいたりするようになります。はじめはじぶんの子供だとおもって背負っているんですが、だんだん怖くなってまいります。それで、前の方にみえる森のなかへ行ったら、背中の子供を捨てちゃおうとおもっていくわけです。背中の子は、じぶんを捨てようとしているというのをすぐに察知して、うす笑いをしたりするわけです。それで、ますます気持ちが悪くなってきます。そのうちにじぶんはいつかこのあたりは、見たことがあるという杉の木の下にやってまいります。

そこで背中の子供は、いまから百年前に、おれはおまえにここで殺されたといいだします。それで、思い出してみると、確かに文化五年の辰の年に、ここで盲目の男を一人殺したという記憶が蘇ってくるのです。それでなお怖くなってきますがその途端に、背中の子供は、急に重くなってきたという夢です。この話はとても深くまでわかる夢だというふうにおもいました。精神分析学だったら漱石の原罪とか原抑圧とかいうものの発現がこの夢をみさせているというにちがいありません。

漱石には、母親との関係からくる恐れと不安が、嬰児《えいじ》のときにありました。それが漱石の原抑圧あるいは原罪に該当するわけですが、まさにそれを象徴する夢なので、背中に背負った子供というのは、じぶんの親でもあるし、またじぶんの子孫でもあるし、またじぶんでもあるみたいな、そういうエディプス複合の関係を象徴しているとおもいます。

それから、もうひとついえることは、民話とか、伝承とか、説話とか、あるいは神話とか、そういう何か遠いところから綿々と語り継がれているような、ある一系列の感覚も、この第三夜にはよく暗示されているとおもいます。夢としても典型的ですし、また物語としても、とてもいい物語になっている夢で、この『夢十夜』のなかでは傑作のひとつだといえるとおもいます。これは生まれ変わり伝説と、乳幼児のときまでに、母親との関係で無意識のなかにらゃんと入ってしまっている原罪感とが一緒になった、わかりやすいいい夢だといえましょう。

「第七夜」「第八夜」

第七夜の夢もまたわかりやすい夢です。おおきな船に乗って航海をしていると、なぜかその船に乗っていることが怖くて不安で悲しくてしょうがなくて、死にたい気分になってきます。ところが、悲しくてしょうがないのは、じぶんばかりではなくて、乗り合わせているほかの人も、悲しそうに涙をこぼしたりしている人がいて、そういう雰囲気をもったおおきな船なわけです。とうとうやりきれなくなって、ここから飛びこんで死んじゃおうとおもい飛びおります。とてもおおきな船なので、飛びおりてからなかなか水面に着きません。そのうちに船自体は先へ行ってしまいます。だけど、まだ水の上に着かない落ちている途中で、ああ、こんなにこわいのなら、まだあの船に乗っていたほうがましだったなと後悔します。

これもたいへん夢としてわかりやすいとおもいます。精神分析的にいえば、一種の胎内の体験みたいなものだとおもいます。この恐怖と不安は、胎内にいたときに母親からあたえられた恐怖と不安の象徴というふうに解しますと、とてもわかりやすいとおもいます。なかなか水面に着かないということも、落下の夢としてみれば、誰でもどこかで何回かは、この種の落っこってなかなか着かない不安な、よりどころのない夢を体験しているのではないでしょうか。そんなに気持ちのいい夢じゃないんですが、たいていの人がもっているはずです。物語としてそんなにいいとはいえませんが、夢としてみたらたいへんわかりやすいといえましょう。

もうひとつ、わかりやすい夢の話を挙げてみます。第八夜の夢です。町の床屋さんに入っていって鏡のまえに座っていると、散髪をやりながら、表の風景がよくみえます。帳場みたいなところを鏡越しにみると、そこで女の人が立て膝をしてさかんに十円札を百枚ばかり勘定しています。そして勘定しても、勘定しても、女の人の手元にある十円札は減らないのです。変だなあとおもって、理髪がおわってから、その帳場の方を実際に振り返ってみたら、女の人はいませんでした。それで外へでてみたら、外では金魚屋さんが屋台の店をだしていて、金魚のまえでしゃがんでいた、それだけの夢なんです。鏡越しの帳場で女の人がお札を勘定していて、いくらやっても手元にある札束の数が変わらない場面と、理髪がおわってじかに帳場をみるとそんな女の人はいなかったというのが、この夢の中心じゃないかとおもいます。

そして、この中心は、漱石自身の宿命の中心のところにあるものだとおもいます。『吾輩は猫である』でもそのなかで漱石の幻視や幻聴が、フィクションを支えているとおもえる場面が、しばしばあらわれました。一種の幻視に類するものが、この札を数えている女の人となってあらわれてきていると理解してもよいわけです。夏目鏡子の『漱石の思い出』を読みますと、やはり若いときに、御茶ノ水の井上眼科に通っていて、その待合室で出会った女の人が、じぶんと結婚する相手の人だという妄想にとらわれて、お兄さんのところに怒鳴りこんでみると、お兄さんに、そんな申入れは来ないし、そういう話は知らないよといわれてしまうところがあります。そんなばかなことはないと漱石が憤慨したという挿話が語られています。その種の妄想は時として漱石にあらわれてくるので、その問題が、この夢のなかにでたのだとかんがえると、この第八夜も、たいへんわかりやすい夢のひとつだということができましょう。

民話・神話につながる夢――「第九夜」「第十夜」

ここでもうひとつ最後に先ほどの民話とか神話とかにつながる夢の話をしてみます。第九夜と第十夜が、そんなことになるとおもいます。

第九夜のあらすじを申してみます。若い母親が、三つになる男の子と一緒にいます。父親は以前にある晩、用事があるからといって、頭巾をかぶって裏口から出ていったまんま、いつまでも帰ってこないわけです。母親とその三つになる子供は、毎日、近所の神社へお百度参りをして、父親が無事に帰ってくることを祈願しているわけです。ところが、父親は、ほんとはもう浪人に斬り殺されて、すでに死んじゃっているから、帰ってこないんだというのが第九夜の話です。これもやはり民話の世界といいましょうか、伝承の世界と、どこかで糸がつながるような夢の話だとおもいます。習俗のなかで繰り返される人間の願望が、仕方なしに無効になってしまい、それでも無償のまま繰り返される本質をもっていることが、この夢の悲しい話のなかに暗示されているからです。

それから、もうひとつ、第十夜です。素材は現代なんです。町内の庄太郎という女好きの遊び人が、あるときぼんやりして、水菓子屋で通りをみていたら、一人の女が店先に立っておおきな買い物をします。それで庄太郎は、その荷物をもって一緒に行ってあげようかといって、その女のあとをくっついていくのです。女は、どんどん電車に乗って、山手の方にいって、山の高いところに登っていきます。その女は、庄太郎に、おまえ、ここから飛びおりてみろ、飛びおりないと、豚が来てあなたをなめるよというんです。庄太郎はかねて、豚と桃中軒雲右衛門《とうちゆうけん》という浪花節《なにわぶし》語りが嫌いなので、豚になめられちゃかなわないとおもうんですが、飛びおりることはおっかなくてできません。そうすると、向こうから豚がやってきます。そして、仕方がないから、持っていたステッキで豚をぶん殴ったら、コロリと横に倒れて死んでしまい、崖から落っこっていきます。すると、また次の豚がやってきたので、ステッキで叩くと、またコロッと死んで、崖の下へ落ちていきます。とにかく、七日間、六晩とも、くる豚、くる豚、殴っては、また崖へ落っことしてというふうに、いくらひっぱたいて殺しても、豚があとからあとからやってきます。とうとうこらえきれなくなって、そこで伸びちゃったという話を、帰ってきた庄太郎は語ってきかせ、そのまま寝込んでしまいます。結末は庄太郎の病気はほんとうはもう治らないだろうというのです。

この話も、いかにも夢としてありうることです。つまり、豚じゃなくてもいいんですけれども、殺しても殺しても、まだあとから来るという、その不安と恐怖感は、誰の夢のなかにもしばしばあらわれてきます。夢らしい夢ですし、また人さらいとか、神隠しとかいう民話の世界ともつながっています。たいへん奥が深く、根深い夢のひとつだとみることができましょう。

そうすると、この種の夢をみた本人にとっても大切だし、また、人間の歴史的原罪みたいなものにつながっていくような夢は、漱石の『夢十夜』のなかでいちばん根拠があって、また、さまざまな解釈がきく夢だとおもいます。しかもけっして気持ちのいい夢ではないのです。漱石は『夢十夜』のなかでひとつとして、気持ちのいい夢を描いていないとおもいます。いずれも受け身であるとか、不安であるとか、恐怖であるとか、どこかすごく深いところで原罪につながっていくみたいな、そういう夢を描いているとおもいます。

漱石がもっていた宿命は、この『夢十夜』のなかにとてもよくあらわれています。また、漱石は、この『夢十夜』とか晩年の『硝子戸《ガラスど》の中』のような随筆のなかでしか、じぶんの原罪に類するもの、つまり、じぶんが乳幼児期までに受けた心の傷についてては触れていません。また触れる場所をもっていなかったともいえます。その意味ではこの『夢十夜』は、漱石の作品のなかで特異な位置を占めています。漱石はじぶんの宿命に従順ではない考え方を生きた作家ですが、時としてじぶんの宿命ということをかんがえこまざるをえなかったときの漱石は、この『夢十夜』にいちばんよく象徴されているといえましょう。

「第十一夜」としての『三四郎』の夢

『夢十夜』に対応するおなじこころの物語をとってくるとすれば、たぶん『三四郎』ということになります。『三四郎』は、『夢十夜』と時期的にもおなじころですし、また対応関係からいいましても、表裏の関係にある作品として読むことができます。『夢十夜』という作品は、漱石の宿命を物語る作品というふうになります。『三四郎』という物語は、登場人物たちが、いずれもじぶんの宿命に抵抗しそれを超えようとする、いってみれば、青春物語ということになるわけです。青春期は誰にとってもいちばん内側から沸きたって、宿命を超え、宿命に逆らおうとする意欲が強くあらわれる時期といえるでしょう。『三四郎』は、真新しい青春物語で、じぶんの宿命に逆らおうとする人たちが、ぜんぶ登場人物になっています。

『三四郎』のなかに広田先生という先生が出てきます。「偉大なる暗闇」というあだ名をもっていて、三四郎とか、与次郎とか、野々宮さんとか、その周辺にいる人たちにたいへん尊敬を受けている旧制の高等学校の先生です。高等学校の万年先生ですが、その広田先生を、三四郎や、その友達である与次郎が、大学の先生に推薦しようとして、運動の真似ごとをして失敗します。先生が学生をそそのかしたと新聞に叩かれるのですが、三四郎が訪れたときに、広田先生はそんなことはどうでもいいことだといって、夢の話をしてくれるところがあります。もし『夢十夜』の続きに、第十一夜というのがあるとすれば、広田先生が『三四郎』のなかで語るじぶんの夢が第十一夜に相当するといってもいいとおもいます。たいへん興味深い夢の話を、広田先生がするところがあります。

三四郎が広田先生を訪ねていったとき広田先生は昼寝をしています。そのときに夢をみたというんです。その夢を三四郎に語って聞かせてくれるわけです。その話によると、いまから二十年前に、十二、三歳のひとりの女の子とたった一度だけ会ったことがある。その女の子がいまの昼寝の夢にでてきたというのです。じぶんが森のなかを歩いていると、二十年前の十二、三歳のままの女の子が向こうに立っていた。じぶんが歩いていって、あなたはちっとも変わってないというと、その女の子は、いや、あなたは随分そのときと比べると変わった、つまり、歳をとったといいます。女の子は、あなたは、この二十年の間に、美についての観念が随分変わったから歳をとった。私は、二十年まえ十二、三歳のころ、あなたと会ったときの私がいちばんいい私だといまもおもっているから、ちっとも変わらないんだと女の子はいいます。広田先生は三四郎にそんな夢をみていたと語るわけです。三四郎は、その女の子は実際にいたんですか、それとも夢物語ですかと広田先生に尋ねます。すると、広田先生は、実際に会ったことがあると答えます。そして、実際に会ったのは、どこでいつかということを三四郎に語って聞かせてくれます。

それは、憲法発布の日に、森有礼《もりありのり》という当時の文部大臣があまりにモダンな教育方針を実施するので、暗殺されちゃうわけです。殺された森有礼の柩《ひつぎ》が行列をつくって通っていくところを広田先生は、まだ高等学校の学生で、沿道でその葬列を弔《とむら》うために待ち構えています。そうすると、森有礼の柩が通っていくあとから親類縁者とか、係の人たちの車が通っていく。そのときに、その十二、三歳の女の子はそこにいたんだと広田先生はいいます。三四郎はそれ以後一度も会ったことないんですかときくと、先生は一度も会ったことないけど、夢のなかで、その二十年前とそっくりおなじ姿ででてきたんだと三四郎に語って聞かせます。

三四郎は、ではその女の人が来たら結婚なさいましたかとたずねると、広田先生は、うん、したとおもうというのです。三四郎は、広田先生が独身でいるのは、そのときの女の人のことが心にかかって忘れ難いからでしょうかと広田先生にたずねます。先生は、いやそういうわけじゃないと答え、じぶんの幼時体験みたいなものを、さりげなくひとごとのように語って聞かせてくれるのです。ここに一人の男の子がいて、母親が死ぬ間際に、父親はもう死んだといってきたが、おまえのほんとのお父さんは、どこそこにいる誰々だとうち明けます。それを聞いた子供は愕然《がくぜん》として、そのことが心にひっ掛かって、将来女の人と結婚して一緒に暮らすということに懐疑的になる、つまり、あまり乗り気になれなくなるということはあるんじゃないか。広田先生はひとごとのように三四郎にそう語ってくれます。三四郎が、先生自身のことですかときくと、ただ笑っただけで、広田先生は、じぶんのことだとも、そうじゃないともいいません。これが『三四郎』という作品のなかで広田先生が語ってくれた夢の話なんです。

この話はたぶんほんの少しだけ変えれば、漱石自身の幼時体験に置きかえることができましょう。漱石は、両親がとても歳とってから生まれた子で、その当時の風習としていえば、あまり歳とってから生まれた子供は、なんとなく恥ずかしいということで、その子を里子に出しちゃう習慣がありました。それで漱石は、四谷《よつや》あたりの古道具屋さんにひき取られて、その店先に、籠に入れられてチョンと置かれていて、そこを異母姉《あね》さんが通りかかって、かわいそうだというのでうちへ連れてきてというようなこともありました。それから、浅草の方の戸長さんになった塩原《しおばら》という人のところへ養子にやられます。そして、その養父母が、女性関係がはさまって仲が悪く、もめ事が起こって、また実家へ帰ってきたりするわけですが、ほんとにまた実家の夏目姓にかえるのは、だいぶあとになってからです。つまり漱石は幼児期に、たいへん苦労しています。いってみれば、第十一夜の夢に相当する広田先生の夢を、ほんのちょっとだけずらせると、漱石自身の乳幼児期の体験に当てはまってまいります。

宿命と反宿命の物語

『三四郎』という作品は、『坊っちゃん』の次にやってくる、たいへん気持ちのいい青春物語なんですが、この気持ちのいい青春物語というのは、もうすこし違う読み方でいえば、宿命に逆らう人たちを登場人物とするはじめての小説だといえましょう。『三四郎』という作品の中心のモチーフになるのは何かといえば、『吾輩は猫である』の寒月の後身である野々宮さんと、その結婚相手だと目《もく》されている金田家の令嬢の後身である美禰子という女性の振る舞い方に帰せられます。当時としてみれば新しくて、複雑でという心のかたちをとっている、この美禰子という女性を中心に、三四郎と、野々宮さんと、広田先生や与次郎と、原口という絵描きさんなどが、それぞれの宿命に抗《あらが》おうとして交渉を生ずる物語だといえます。たとえば、三四郎は、性格からいって、いちばんポテンシャルを低目にして自然な宿命に従うとすれば、郷里に母親が推薦している、お光さんという、すばらしく気立てがよくて、素朴で、いいお嫁さん候補がいるわけです。でもそうせずに、美禰子という、とうてい三四郎のような単純で、それで一介《いっかい》の学生だという人間には手に負えそうもない近代的な女性のほうに心をひかれて、宿命に逆らってみせるわけです。野々宮さんも、結婚相手である美禰子と一緒になりそうで、なかなかならない。美禰子は結局、じぶんの兄の友人と不意に一緒になってしまうのです。登場人物たちは、じぶんの宿命に自然に従えば、いちばんいいだろうと思われる方向をとらないで、ことごとくどこか違うところにいってしまいます。そこで作品は終わりになるわけです。

漱石自身が、宿命の続きだとおもっていた、漢文と英語の勉強と、留学生活と、帰ってきてからの教師生活というものにすべて逆らいたい気持ちがどこかにあって、学校は辞めてしまって、新聞社に入り、小説を書くというふうにじぶんを変えていってしまいます。漱石はどう生きようとしたかということと、どう生きざるをえなかったかということと、その両方から宿命と反宿命があいせめぎ合うわけですが、漱石が選んだのは、とにかく宿命から逃れ、自然な道筋から遠ざかろうという道を、どんどんたどっていくことでありました。

これほど典型的に、宿命がじぶんを吸い寄せていく力の大きさと強さを、とてもよく心得ていて、なおかつそれに逆らうということが生きていくことだというところで、力戦奮闘している作家は明治以後の近代文学の歴史のなかでありませんでした。そして力瘤をどんどん蓄えていきながら『明暗』の途中で倒れてしまうのです。

この『夢十夜』と『三四郎』とを、宿命と反宿命の物語だというふうにいうとすれば、『三四郎』あるいは『夢十夜』以降の漱石というのは、徹頭徹尾その宿命に逆らう物語をつくり続けていきます。漱石神話というのがありまして、『明暗』のところまできて、天にのっとって私を去るという境地にたどりついたといわれています。つまり、晩年に漱石は再び、じぶんの宿命を受け入れようとした徴候がみえるという解釈の仕方も、成り立っています。実際は漱石が人間をすべて相対的な距離からながめて描くことを、『明暗』まできてやれるようになったということのようにおもわれます。

これは同時代で、抜群に大きな存在だった森鷗外という作家を一緒に対照してみれば、とてもよくわかります。鷗外は漱石の『三四郎』を読んで刺激をうけ、『青年』を書きます。文学の志をもって上京した青年が年上の未亡人と知り合いもて遊ばれた感じで仲よくなり、やがて捨てられる物語です。この作品はおなじ言い方をすれば、宿命に外《そ》らされる青春を描いています。森鷗外がじぶんの宿命に逆らおうとしたのは、たぶん、初期だけです。つまり、『舞姫』とか、『うたかたの記』とか、そういうところでは宿命に逆らおうとしたとおもいます。けれども、それ以降の鷗外は、大体において宿命を受け入れたうえで何ができるのかというところで、文学作品を生んでいったとおもいます。漱石は徹頭徹尾、宿命に逆らおうとしていったとおもわれます。

『それから』

宿命に逆らう物語の始まり

『夢十夜』を漱石が描いてみせた生れおちた「宿命」の物語だとすれば、ほぼおなじ時期に書かれた『三四郎』や『坊っちゃん』は野放図に「宿命」に逆らう群像を描いた青春物語だといえます。つまり漱石は「宿命」の物語と「宿命」に逆らう物語とを同時に描いたということです。漱石自身がどこへ作品を走らせたかったのかは、まだわかりませんでした。でも結果からみればどこへ作品が走っていったかは、たどることができます。「宿命」とそれに逆らう意志とが抱きあいながら、しだいに作品自体は沈んでゆく心中のようなものだったとおもいます。そのはじめの徴候が『それから』でした。宿命にたいする逆らい方と、つきつめていった宿命とが、まえよりも複雑に根深くなっていきました。たぶん『それから』は流れの始まりだとおもいます。

漱石は宿命とそれに逆らう意志を抱きあわせるのに、すこし工夫をこらしました。誰にでもいえることをいってみましょう。まず第一に主人公の代助を親がかりの高等遊民として設定しました。高等遊民という言葉で漱石がつくっている像は、知識も教養も人並以上にあり、こまやかな情緒も解するのですが、経済的にだけは子供みたいに、親からの仕送りにたよって生活しており、そのくせ書生をひとり、婆やをひとり雇っています。じぶんは働かないで、本を読んだり、親類縁者と観劇したり、庭いじりをしたりして徒食《としょく》している中年にさしかかった独身男です。あまり頭が高級すぎて、職について働きに行って社会のどこかにはめこまれると、人間がだめになるとおもっている男です。いってみれば膨張してゆく近代日本の社会で、純粋知識の運命を人間の像にしたような人物です。この純粋知識が俗世間にまみれて余儀なく働いたり、衝突したりすれば、作者漱石や、二葉亭四迷や、啄木そのものになってしまうところですが、『それから』で漱石は、純粋知識をそのまま代助の人間像にして、葛藤が起こらない設定をつくったといえましょう。このことは代助を社会的な宿命の制約から、できるだけ遠ざけたことを意味しています。

もうひとつ漱石がやった工夫は、これと正反対のことです。代助に、花の匂いに敏感で、それに執着するキザで女性的な神経症気味の性格をあたえたことです。これは漱石自身の宿命的な資質を、たぶんやや誇張して代助に背負わせたということになるとおもいます。たとえば代助はまっ白なスズランを茎ごと、水をはった大きな鉢にいれ、それを大きな辞書のうえにのせて、枕をそばにおいて仰向けに横になって花の匂いを嗅ぎます。神経が過敏になって日光が射してくるのにもたえられなくなると、ひきこもって朝でも昼でもかまわずに、うたた寝をしながら花の匂いを嗅ぐと、神経が鎮静して世間とのつながりがとれるようになるのです。花好きは漱石の日記にもでてきますから、こういった代助の花好きと神経症的な振る舞いは、漱石自身の心理や生理を煮詰めてあたえたものだとおもいます。

三角関係の物語

『それから』は、一種の三角関係の物語です。平岡というかつての親友がいて、その親友の奥さんがいて、主人公の代助がいてという構図になります。この二人は学生時代に親しい友人どうしで、奥さんになる三千代もまた、仲のよかった共通の友人の妹でした。平岡がその女性を好きだという告白をきいて、代助は仲介してやったのですが、ひそかに代助のほうもその友人の妹を好きだったのです。年月を経て、ふたたび親友の平岡夫婦と近づくようになったとき、逆に今度は、代助のほうが平岡の妻になっている三千代にたいする愛を告白して、平岡から三千代をうばう破目になり、代助は高等遊民の生活をすてて職をもとめ、生活との卑小な葛藤の世界につく決心をするところで、『門』という次の作品にひき継がれていきます。

『それから』はたんに出生の宿命に逆らうだけでその青春を肯定する物語ではなくなります。すでにそれをくぐり抜けたあとでやってくる宿命的な資質との融和と葛藤の無限階梯が、親しい男女のあいだの三角関係として象徴された物語です。そこに一種の文明社会史的な暗喩をみることができます。もっとつきつめていえば、明治の近代が西欧文明を受け入れるものと、それに反発するものとして演じつつあるドラマを、その三角関係が暗喩しているとも読むことができるものです。

西欧の文学と東洋の文学とは違うので、人間がどこまで自然に同化できるか、あるいは自然から突き放されてしまうかというモチーフを描くことが文学、芸術なんだという芸術観が、『草枕』の主人公の画家に托されて正面からおしだされています。また逆に、『二百十日』や『野分《のわけ》』のような作品で、漱石はものすごい勢いで社会的な特権階級に成り上った明治の富有者たちを、えげつないものとして、登場人物をかりて攻撃しています。そして、明治の成り上った分限者たちが、知識とか、人間の人格とかというようなものを軽蔑する文明の行方が、どんなに堕落していくかはかり知れないと、声をおおきくして叫ばせています。

『二百十日』という作品は、圭さんという男と碌さんという男が一緒に阿蘇山に登りながら、会話を交わし、そのなかでさかんに社会批判をするというものです。ちっともいい作品ではありません。ただ金持のやり方のえげつなさを攻撃し、知識人が社会の片隅におしこめられてゆく現状への憤激をあからさまにしゃべっただけの作品です。『二百十日』とか、『野分』という作品が、どんな経緯で漱石の創作のモチーフを刺戟したのかは、ほんとはよくわからないところです。あっさりいえば、日露戦争がおわった直後ですから、曲がりなりにも戦勝国で、軍需にかかわって金をもうけた階級が、戦勝国気取りの社会風潮とともに威張りだし、それに反して知識人は、ちっとも勝ったような感じがなくて、不景気になって、生活は厳しく意気消沈していく。そんな日露戦争後の世相が、漱石のこころに瞋《いか》りを侵入させたということがあるのかもしれません。ただこの『野分』とか、『二百十日』という作品もまた、少なくとも『それから』という作品が出来上るのに、どうしても通過しなければならない作品だとはいえそうです。また『それから』の主人公である代助の、心理描写にとどまらない存在感の描写が成り立つために、『坑夫』という作品もやっぱり通っていかなければならなかったかもしれません。

つまり、『坑夫』とか、『野分』とか、『二百十日』とか、それから、まるで正反対に宿命の物語の延長で、宿命という概念を自然という概念におきかえて、自然のなかに悠々と憩《いこ》ってみせるというモチーフをもった『草枕』という小説もまた、通過しなければ、『それから』は成り立たなかったと強弁できそうです。

「自然」と高等遊民

ところで、『野分』や、『二百十日』で強調されているのは、学者も嫌いだけれども、金持も大嫌いだ、やつらは人格のありようをばかにして、えげつないことばっかりやって、威張りくさっているということです。『それから』では、大嫌いな明治の金持を、知識人である主人公の代助の父親や兄に設定し、代助はこの父親や兄から生活費を貰いながら、遊民の生活をしているという構図をつくっています。この設定はとても微妙で、富有階級である父親や兄も知識人である代助も、本音を吐けば、たいへん対立的で、お互いの在り方に批判をもちながら、日常生活のうえでは、波風のたたない親兄弟のように生活の資金を貢がれたり、貢いだりしながら、出入りしているわけです。日露戦争後の上層社会の雰囲気のなかに、知識人代助も自然に馴染んでいます。

つまりあまり好きじゃない金持の親や兄とも代助は表面はさりげなく仲よくやっているみたいな設定になっています。これは漱石の成熟を物語るでしょうが、漱石の宿命への逆らい方が、かなり複雑なニュアンスをもってきたことを意味するとおもいます。そしてこのところで、およそ漱石の作家としての軌道は定まったといってよいでしょう。その最初の作品が、『それから』でした。

主人公代助は、じぶんが仲介しておなじ友達仲間の妹であった三千代と結婚した平岡が、学校を出て勤めた銀行の地方支店をやめてから、東京へふたたび出てきて職を探すことになって、かつての学生時代のように近づくことになります。じぶんは親がかりの遊民ですが、平岡は社会的失敗の体験をして失意に陥り、妻の三千代との仲も思わしくなくなって東京へやってきたところで、三角関係に陥るわけです。

代助が、会社もちの資本家である父親や兄から生活費を貢がれて、庇護をうけて生活をしているという構図は、いってみれば、西欧文明を真正直に受け入れ、それにのっかって大きくなってしまった近代日本の社会を肯定するわけではないが、仕方なしにそのなかで生きて複雑な関係とせつない思いをさせられている知識ある生活無能力者の在り方が象徴されていることになります。『夢十夜』の「宿命」にあたるものは、主人公の代助にとって「自然」というふうにとらえられています。親友に告白されて、じぶんの好きだという感情を殺して、親友のために友人の妹三千代を仲介して結びつけたのは、じぶんが「自然」に反したことだ。いまその「自然」をとりもどして、親友の平岡からうとまれて生活している三千代との愛を蘇らせることは、「自然」に素直に従おうとすることだというのが、代助が三千代との愛を、親友平岡に告白するときのよりどころになります。ほんとに心の奥底を探れば、そのときじぶんのほうが好きだったけれど、それをおしかくして親友のために友達の妹である三千代を斡旋《あっせん》してしまったことも、いま、じぶんが独身を通して働きもしないでいることも、じぶんにとっては宿命に逆らい、社会のしきたりに異をたてる行為だったとおもってきたが、ほんとうは宿命の続きといっていい「自然」にそむいたことで、それはだめな生き方だと代助は思いなおします。それで親友の夫婦仲があまりよくないことが少しずつわかってくるとともに、代助は、奥さんになっている三千代に、じぶんは昔から好きだったと告白して、いまそれを受け入れてくれといいだすわけです。

一方では父親の事業に都合がいい筋《すじ》の女性と見合いをさせられていて、その女性と一緒になる話も進んでいます。その女性と一緒になれば、事業にとってもたいへんいい結果をもたらすし、恩顧にも酬いられることになり、万事好都合だから、そして、もし本人が嫌いでないなら一緒になってくれと父親からいわれて、代助も動揺したりしています。三千代と出会って、親友の夫婦仲が悪くなっているというのを知ると、やっぱりじぶんが、「自然」につくとすれば、ここへつくことだ、ここへつけば、じぶんは父親から生活費を断たれ、兄からも嫂《あによめ》からも義絶されるだろうが、そのほうが本心に忠実だと決意して、職を探しにいくことになります。あえて就職なんかしたら、じぶんは日本の社会からも、ヨーロッパ的な文明の世界にたいする関係からも、片隅に追いやられてしまうから、という理由でやっていた代助の遊民生活は崩れてゆくのです。父親のほうの理屈はたいへん筋がとおっていて、ひとりでに知識人の批判になっています。父親は代助に、おまえは学問もあり、ちゃんとした判断をすべてのことに下せるようにみえながら、やることは子供じみて、馬鹿げている。そのうえ近親のものが世間に顔向けのできないようなことを、わざわざ仕出かした。いちばんつまらない奴だといって、援助打ちきりをいいわたすのです。

現在の場所からみますと、代助という主人公は、たいへん知識も教養もあり、なんでもよくわかっている人物なんですが、ただひとつわからない考え方をもっています。じぶんは父親のところからの送金でたっぷりした遊民生活をしています。それは結構なことだといってもよいのですが、就職して働き、生活を営むことが、知識の純正さを殺し、汚穢《おわい》にまみれ、この社会の片隅に押しやられて、卑小になることだという先入観をもっていることです。三千代との愛を生活に結びつけるためには就職して生活費を稼ぎながら生きていくほかないのですが、代助が『それから』という作品の最後のところで象徴してみせるのは、職を探し社会にまみれてゆくことの予感と畏れといってもいいものです。三千代のほうは、たいへん覚悟はよろしくて、いざとなれば死ねばいいんだから、じぶんは平気だといいます。そのくらいの覚悟は、もう初めからしているわけです。そして代助には、あなたのいうとおりについていくだけだといいます。

ふつうの人間からみれば、食うために働いているのはあたりまえで、ブラブラ遊んでいるほうがおかしいという平岡の言い分のほうが生活人の妥当な考え方です。代助の考えでは、そうじゃなくて、知識に固執する者は、この日本の社会のなかのどこかにはめこまれてしまったら、西欧文明からも、それから、日本の急速に膨張した社会からも、おしこめられて、下らないものになってしまうという観点をもっていて、だからじぶんは働かないで親からの仕送りで遊んで知識や教養を養っているのだ、という理屈にならない理屈になってゆきます。いまかんがえれば、これは結構な身分をもったドラ息子のだらしない振る舞い方ということになりそうですが、別な面からいいますと、明治の知識人が当面していた問題をとてもよく代助のなかに象徴させている面があります。

明治知識人の宿命

明治の知識人の社会的な宿命は、象徴させようとすれば、代助を造形した夏目漱石のように、また二葉亭四迷や石川啄木のように象徴させることができます。

二葉亭四迷のようにということは、どういうことかといいますと、下宿の娘さんがいて、じぶんは知識も意識も過剰な下級官吏で、とても実社会で有能な巧みな振る舞いのできる人物ではないという自覚にさいなまれて、内向的になっているのです。その娘さんが好きなんですが、下宿の娘の母親は、その娘を、じぶんよりも官吏の世界で偉くなりそうな外向的なしゃきしゃきした人物のほうに近づけるように仕向けます。主人公は孤独感にさらされて、ますます片隅におしやられていく。それが二葉亭の小説の主人公のような、という意味になります。二葉亭四迷の作品は、そういうのが知識人の運命だというふうに感じて造形されたわけです。

漱石は、そうじゃなくて、知識によって立つ人間は、金持とか、支配者とか、実社会というところで偉くなるなんていうことは、全然ナンセンスにすぎないので、父親のお金をせしめてもなんでもいいから、職なんかにつかないで、悠々と本を読んだり、教養を積んだりして、できるかぎり遊民としてやっていくんだということになります。漱石が小説のなかで描いた知識人の運命はそうなります。

もうひとつ典型をあげれば、石川啄木が歌の世界でも、詩の世界でも、それからじぶん自身の実生活でも体験したように、文字通り、社会の片隅に、筆耕校正《ひっこうこうせい》とか、新聞社の下働きとかして、お金の苦労ばかりして、夫婦は仲良くいかないし、陰惨な顔をして毎日暮らしていかなきゃいけない生活をつづけ、同時に、明治の近代社会を呪うわけです。それが石川啄木が体現し、そして作品に書いた明治末年の知識人の運命ということができます。

漱石、二葉亭、啄木と、この三人が三者三様に描いた典型があるわけですが、この典型には、明治の末年の知識人の本格的な在り方が象徴されて、それにつきているといってもいいとおもいます。そうでなければ、じぶんが実業について、日本の社会が膨張するのとおなじように、じぶんも膨張していくというやり方しかなかったとおもいます。

この三者三様の反発の仕方は、人それぞれだという以外に、あるいは、それぞれの文学者が、それぞれの個性と状況に従って、じぶんなりの造形の仕方をしたんだという以外にないので、どれがいいとか悪いとかいうことは少しもありません。この三者三様のなかで、ひとことでいえば、啄木は社会的反発をじぶんの宿命にたいする反発と同意義にかんがえたのだとおもいます。それから、この『それから』に象徴される漱石の反発は、いまの言葉でいえば、実存的反発といいましょうか、存在自体としての反発といったらいいんでしょうか、じぶんの内面的な反発も外にたいする反発も一緒に含んだじぶんの存在自体が、この膨張していく社会に反発しているというような生き方の典型を描いたとおもいます。二葉亭の反発の仕方は、進んで社会から逃げてしまう、あるいは敗れてしまうという反発の仕方だとおもいます。だから、この反発の仕方は、なかなか定まり難い運命をたどったわけで、二葉亭自体も、結局、大陸へ渡っていったりいたします。日本の文学者では、とても特異な経歴を歩んだ人です。

西欧と日本

漱石の宿命とそれへの反発の仕方がたどったのはいつでも一人の女性をめぐる三角関係というところで、作品のモチーフがすすめられていく経路でした。そこを、眼にみえない舞台にしたというのが、作家としての筋道を見つけだした以降の漱石の在り方なわけです。この三角関係のみえない磁場の意味は、自然に抗《あらが》う生き方をするのと、自然に従う心境になるのと、その二つを一緒の場であらわしうる場面ということができます。

そこには同時に、漱石のもっている文明観が象徴されていました。漱石自身が西欧社会から背負いこんできたものは、ぜんぶ出してしまわなければおさまりがつかない。それを出してしまうことは西欧社会の文物を受け入れて学んできたということも含まれますし、その文物にたいする反発も、人種的な劣等感や憎悪も含まれています。それから東洋の文物を捨ててしまったという心理的な原罪も含まれています。そういう意味あいで、西欧社会を一人の女というふうに比喩するとすれば、それにたいする二人の男は、日本の社会で、それに反発する人、それに乗っかる人、それを捨てようとおもう人、それを拾おうとおもう者、あるいは、それを受け入れようとおもう者というような文明史的な比喩が同時に成り立つ場が、この三角関係の場だということもできるわけです。いざほんとうに主人公代助が、どの宿命か反宿命かを選ぶのか、宿命の続きである「自然」のいきさつを選ぶのか、それとも、「自然」に反発する、宿命に反発するじぶんを選ぶのか、というギリギリのところに立たされたときには、富豪の父親も、精神的にも物質的にも断ち切らなければならない。そしてじぶんが職を探しにいって、どこか社会の片隅におしつめられて、ちょうど二葉亭の主人公とおなじ場所に落ちていく主人公を、次の『門』では描くようになっていきます。それが『それから』という作品の大きな意味だということができましょう。漱石が宿命の資質としても、留学による西欧の文物との衝突事件としてもいだいてきた渦巻きは、この『それから』というところまできたとき、ひとつの方向性を定めていきました。ここまできたときに、漱石は、作家としての軌道を見つけだして、もうあとは、その道をまっしぐらにすすんでいけばいいというところに出ていったとおもいます。しかし、よくよく注意してみればわかるように、漱石の作品には、いつでも原罪が渦巻いている、資質が渦巻いている、それから、知識人としてのじぶんが渦巻いている、それに反発するじぶんが渦巻いている、そしてそういう渦巻きの中心には、いつでも宿命と反宿命というものが、反発したり、融合してみたり、部分的に別々の方向へ行ってみたりというようなかたちで展開されています。

いまいちばん読まれている漱石の作品は『こころ』だと聞いています。『こころ』の先生は『それから』の代助と反対に、下宿屋の娘を親友が好きだとわかっているのに、友達を出し抜いて、その娘と一緒になってしまいます。そのために友達が自殺してしまうわけですが、出し抜いたということが原罪になって、明治の末年に乃木大将が明治天皇の死とともに自刃《じじん》したのと一緒に、先生も自殺しちゃうわけです。『それから』の代助からみれば、『こころ』の先生は代助と裏返しの振る舞い方をします。

けれど宿命と反宿命をめぐる三角関係の場面の構図が、ここでも作品の本筋だということができるでしょう。

健全な漱石、あるいは、明るい漱石、国民的な作家漱石は生活の表面に出てきて、知識の隣人や血縁に誠実さを披瀝《ひれき》している漱石です。漱石には暗い漱石、病気の漱石があります。それは宿命と葛藤する漱石です。この宿命の側にある漱石は、『夢十夜』の漱石でありますし、もっと実生活上でいえば、赤ん坊のときに、四谷《よつや》の古道具屋さんに預けられて夜店の店先に、籠に入れられて店晒しになっていた漱石です。この宿命の漱石が、どこまで行けたか、あるいは、宿命に抗《あらが》うために、どれだけ刻苦努力して、気違いじみたところまで頑張ったか。その頑張り方は、日本の社会が、いろいろな文句をいわれながら、明治以降やってきた、えげつない面とよく頑張った面を象徴しています。そこには、反発も肯定もあったように、その日本社会の頑張り方と、漱石の頑張り方は似ており、そのために漱石はいまだによく読まれますし、また国民的作家ということになっているとおもいます。

明治以降、ただ一人の作家をといわれれば、漱石を挙げる以外にないとおもえます。それから、一人の思想家をといえば、柳田国男を挙げるより仕方がない。この二人の仕方なさというのは、いろいろな刺戟をはらんだ仕方のなさですし、また、この二人だったら、どこへもっていっても通用するということでもあります。

ここまで『吾輩は猫である』と『夢十夜』と『それから』を三つつなげまして、混沌時代のとても重要な漱石をたどってきました。ご縁がありましたら、『吾輩は猫である』から始まって、これらの作品をもう一度読んでいただけたらとおもうしだいです。

青春物語の漱石

『坊っちゃん』
『虞美人草』
『三四郎』

『坊っちゃん』

日本の悪童物語の典型

きょうは『坊っちゃん』と『虞美人草』と『三四郎』の二つをテーマにしてお話しします。『虞美人草』はやや皆さんが敬遠されている作品かとおもいますが、『坊っちゃん』、『三四郎』は漱石のなかでは『こころ』と一緒で、よく読まれている作品ではないかとおもいます。

『坊っちゃん』という作品は日本の悪童物語のひとつの典型です。そして、この典型はいまにいたるまであまり破られていない、つまりいまでも通用する悪童の典型物語だということができます。たとえば、去年か今年出た村上龍の『長崎オランダ村』という作品があります。それは漱石の『坊っちゃん』的な感性以上のものは何もないといっていいのです。逆にいうと、『坊っちゃん』の悪童物語がいかに典型として象徴的なものかということを示しています。

とても大枠でいうと、『坊っちゃん』の悪童性は一度だけ破られたことがあります。第二次大戦が終わったとき、つまり敗戦になったときには新宿にも戦災浮浪児がいたし、上野の地下道や公園にもたくさんたむろして悪いことをしたりしていました。その戦災孤児というか、戦災悪童が唯一漱石が描いた『坊っちゃん』と違うタイプを現実的にあらわしていたとおもいます。近代文学でいうと、第一次戦後派の初期の作品が、それまでの日本の文学にまったくなかった言葉を使って表現し、つかの間のうちにその言葉は消えて日本文学通有の言葉に返ったという歴史があります。それとおなじで、悪童ということ自体も、戦災孤児が唯一漱石的典型を破って別のものを出したのです。

しかしそれも社会秩序が整うと同時に消えてしまい、『坊っちゃん』の悪童性はやはり日本の近代以降の悪童性の典型だというかたちになって、潜在的にはちがう徴候もあるでしょうが、いまも通用しているのです。それは一口にいうと、慈母といいましょうか、盲目的ではあるけれども一生懸命子供をかわいがる母親に育てられた悪童性です。だからとてつもない悪いことはするのですが、どこかに一種の正義感とか、正直さ、率直さがあって、さっぱりしている悪童という印象をあたえるのが大きな特徴です。悪いことだけをとると、この悪童は世界通有性だということになります。しかし、悪いことばかりしていても、どこか反抗心のなかにも一種の正直さがあるとか、正義の味方みたいな倫理観がある、それが日本的な悪童性の特徴だとおもいます。

悪童になる以前の幼児期、もっと小さい一歳未満のとき、そして母親の胎内にいるときに、潜在的には母親のもっている豊富な性の物語を、内面的にはぜんぶ受け継いでいますから、幼児期になるとそれが解放されて、そのままであればだれでもものすごい悪童になるし、性的な意味でもたいへんな悪童で悪いことばかりするようになります。

しかし五歳とか六歳の学童期になると、家と学校で規律を植えつけられて、母親から受けとった奔放な性的な体験とか心理状態はぜんぶ意識下におしこめられ、まっとうな子供らしさあるいは学童らしさみたいなものを獲得するのがふつうです。悪童はその時期になっても胎児期以降、幼児期までに受けとったものを規律のもとに抑制できないで出てきてしまう。それが『坊っちゃん』のもっている悪童性です。

漱石の母親像

「坊っちゃん」に母親を想定すると、盲目的だけどたいへん愛情をもって子供を育て、一生懸命かわいがって、おっぱいをやってというイメージが浮かんできます。しかし、漱石にそういう母親がいたかというと、それは違います。『坊っちゃん』のなかに清《きよ》という老女が出てきます。漱石が描いたなかではこの人が盲目的な愛情をもって、少し見当外れだけれども心からの愛情で専一するというイメージで、「坊っちゃん」がいたずらをしてもかばいます。

漱石のほんとうの母親は和歌のひとつも詠むような、当時でいえばわりに知的な母親です。漱石も、漱石の奥方である夏目鏡子の『漱石の思い出』も、長女のだんなである松岡譲《ゆずる》でも、漱石は父親にたいしてはあまりもたなかった愛慕と尊敬を母親にはもっていたといっています。三者三様のかたちでそういうレゲンデというか神話をつくりあげていますが、僕はそうおもいません。

漱石は母親が歳をとってから生まれた末っ子です。歳とって子供を生むのは恥ずかしいというか、みっともない「恥かきっ子」というのが、当時の世間的な考え方です。だから、そういう習慣があって、すぐに里子にやられてしまいます。一説によれば、異母姉《あね》縁日で夜店を開いている道具屋のむしろのところに籠に入れて置かれていた。

が通りかかってそれを見て、かわいそうだと家に連れてきますが、なんで連れてきたといわれて、また帰されてしまったりします。里子が終わると今度は養子にやられて、養父母に育てられます。そのとき欲求不満もあって、めちゃくちゃに乱暴な時代を過ごします。たとえばじぶんの要求が通らないと要求が通るまで地べたに寝転がって泣きわめく。養父は夏目家の書生をしていた人なので、ちやほやして要求を通してやるという時代を過ごします。そして女性問題で養父母の夫婦げんかが激しくなって、いられなくなって実家へ帰される。しかし、養父母の姓のままで、夏目という姓にかえったのは二十歳すぎだった、そういう体験も経ています。

漱石自体も母親を敬慕していると書いていますし、漱石の奥さんも『漱石の思い出』のなかでそういっている。松岡譲もそう書いていますが、僕はそうおもいません。潜在的には、敬慕すべき母親だとはおもっていなかったとおもいます。

『坊っちゃん』のなかには、じぶんはいたずら者で、学校で二階の窓から首を出していて、おまえ、そこから飛び降りてみろ、降りられないだろうなんていわれると、飛び降りられるさといってほんとうにやって腰骨を打ってしまうとか、西洋ナイフを見せびらかしていて、そんなものは光っているだけで切れないんだろうといわれると、そんなばかなことがあるかといってじぶんの親指の甲のところを切ってしまうとか、その手の無鉄砲なことがたくさん描写されています。それは漱石自体の体験でいえば、養子にやられて、そこで育てられていたときのじぶんの姿を反映しているとおもいます。学童期というか、学校へ行くような年齢になってからはたぶんそういうことはあまりしていないので、それ以前のじぶんのふるまいをそこに投入しているのだとおもいます。

漱石は『硝子戸の中』で、じぶんの母親は敬愛すべき母親だったというエピソードを書いていて、それがほんとうに敬愛すべき母親だったという材料に使われていますが、僕はそうおもいません。

どういうエピソードかというと、養家からうちへ帰らせられて、じぶんの父親、母親をお祖父《じい》さん、お祖母《ばあ》さんと呼ばされているのです。そのころ変な夢をたびたび見るのですが、ある時、じぶんが子供ではとても背負いきれないほどたくさんの借金をしていて、返せなくて、どうしようもなくなっているという夢を見ます。目が覚めたか覚めないかじぶんでもわからない、夢の中だったか外だったかわからないと書いていますが、うなされて、下にいるお母さんを呼びます。半分寝ぼけて、じぶんはたくさんのお金を使いこんでしまってどうしようもないんだと訴えると、母親が下からやってきて、いいよ、いいよ、私が払ってやるからという。それを聞いて安心してまた眠りこんだという挿話を書いて、いい母親の思い出としています。しかし、僕はそれは違うのではないかとおもいます。つまり、幼児なのに背負いきれないほどの借金をおって、それが罪の意識になってうなされるような夢を見るということのほうが重要です。僕にはいい母親、いい父親ではなかったことの証拠だとおもえます。理想の母親像をじぶんでも書き、近親も書くというかたちで通説になっているようには、漱石の心のなかをただせば、おもっていなかっただろうとおもいます。

それではどれが理想の母親像になるかというと、清という落ちぶれた武家の未亡人です。たとえば、「坊っちゃん」は父親が兄貴ばかりをえこひいきしていておもしろくないとおもっている。兄貴と将棋をさして、待ち駒をしてひきょうだと将棋の駒をほうったら兄貴に当たって血が出てしまった。父親からどやされて、おまえは勘当だといわれてしまう。そうすると、清がどうか勘弁してやってくださいといって、涙を流して父親にわびを入れて、やっと許される。そういう挿話が『坊っちゃん』のなかにあります。たぶんこの清が、漱石が描いていた理想の母親像です。

「坊っちゃん」の父親は、おまえは将来ろくな者にならないといつでも口癖のようにいっている。母親もおまえのような乱暴者はほんとうにこれからのことが思いやられる、というと書かれています。それはたぶん漱石の父親、母親にたいする本音で、それで描いたのが清という老女だとおもいます。清は盲目的で見当外れなことばかりしますが、父親や兄貴に内緒でごちそうしてくれたり、お菓子をくれたり、小遣いをくれて、あんたは真っ正直だからきっと偉い人になるといってくれます。出世して家《うち》をもったら、そのときは私を雇って一緒に置いてください、としょっちゅういっているのが清のイメージです。これがたぶん漱石の理想の母親のイメージだったとおもいます。

なぜ漱石は松山へ行ったのか

『坊っちゃん』という作品に返ると、父親、母親が死んだあと兄貴が跡を継ぎますが、兄貴は家を売り払って、じぶんは独立するからおまえもこれから勝手にやっていけ、といってお金を分けてくれます。「坊っちゃん」は兄貴に頼ろうとはおもわなくて、分け前の六百円のお金をどう使おうかとかんがえ、それで学校へ行って勉強して、それから何かしようとおもって物理学校へ行きます。

物理学校というのはいまの東京理科大学ですが、入るのは易しいけど卒業するのは難しくて、たいへん厳しく理工系の科目をたたき込まれる学校だというのが僕らの学校適齢期のあいだの通念でした。その物理学校に行って、どうにかこうにか卒業して、少し経ったとき松山中学の数学の教師で行かないかといわれて、「坊っちゃん」はその気になって松山へ行きます。清は仕方がないから甥《おい》のところに厄介になっていたけれども、「坊っちゃん」が田舎へ行くので失望して、もうお別れになるかもしれませんといって、そこで清と別れて松山に行きます。

松山中学には松山地方の地方性があります。そのころの地方の中学校はそれこそ悪童ぞろいです。一人ひとりは典型的な日本のいい悪童ですが、おおぜい集まると悪いことばかりして、新任の教師で少しおっちょこちょいである「坊っちゃん」にさかんにいたずらをします。たとえば「坊っちゃん」が町に出てお蕎麦屋《そばや》さんに入ると、どこかでそれを見ていて、翌日学校に行くと黒板に「天麩羅先生」と落書きがしてある、その手のいたずらです。それから、寝ようとすると捕ってきたバッタが床のなかにいっぱい入れられていて、バッタがかやのなかで暴れまくったりします。さんざんいたずらをされて「坊っちゃん」も憤慨して生徒たちとけんかをして、先生方ともけんかをしたあげく東京へ帰ってきます。そして、そのままストレートに清の甥のところに行って、帰ってきたよ、これから家《うち》をもつから一緒に来なというと喜んで来て、偉い人になったわけでもないけれども、清は満足して亡くなるというところで『坊っちゃん』は終わります。

現在、『坊っちゃん』という作品で何が問題になるかというと、ひとつは典型的な日本の悪童物語を書いたということです。もうひとつは松山中学の数学の先生になって行くという主人公の「坊っちゃん」の描き方です。松山中学というのは、実際に漱石が松山行きをやっていて、その体験が『坊っちゃん』の舞台になっています。

ところで漱石はそのときに東京高等師範学校ですから、いまでいうと筑波大学になるでしょうか、少し前の東京教育大学の先生で、東京専門学校といっていた早稲田大学の先生もやっていました。漱石は秀才として当時日本じゅうに知れ渡った人でした。それなのに、東京高等師範学校と東京専門学校の先生を全部やめて松山中学へ行きます。つまり地方の中等学校へ赴任したわけです。もちろん実際の漱石は格段の実力がある人ですから、校長よりも高給をとっていたといわれています。生徒たちが意地悪をして前の日にさんざん英語の辞書で調べて何かいってもぜんぶ答えてしまうし、あるときには、おまえ、それは辞書のほうが間違っているから直しておいたほうがいいよというぐらいによくできる人でしたし、たいへん尊敬されていたといわれています。そのほうがほんとうだとおもいます。

『坊っちゃん』のなかに赤シャツという文学士の教頭が出てきます。赤シャツは松山中学へ行ったときの漱石の分身です。知的なエリートである漱石は赤シャツのほうに投影され、幼児期あるいはもっと小さい時期の母親に育てられたときのじぶんの悪童性が「坊っちゃん」にあらわれています。必ずしも「坊っちゃん」が漱石の自画像ではなくて、漱石の優れた英文学者としての姿は赤シャツのなかに投影されています。赤シャツは煮え切らない、陰険な、陰でこそこそ策略を弄する人間として出てきますが、それも漱石がじぶんの自画像の一部分をそこに写し入れたとかんがえるのがいちばんいいとおもいます。

ただ、早稲田大学の先生をし、東京高師の先生をするような人だった漱石が、どうして松山中学へ赴任して行ったんだろうかということが問題です。研究者のあいだにはいろいろな説がありますが、それを紹介してもつまらないので、僕の考えを申します。僕は二つ問題があるとおもいます。

親友像と三角関係小説

ひとつは親友ということです。皆さんももちろん親友がおられるとおもいますが、漱石にとって親友はとても意味深いものでした。

たとえば親友のなかに、後に札幌農学校の先生になった橋本左五郎という人がいます。この人とは学生時代に一緒にお寺に下宿して、共同自炊みたいなことをして学校へ通っていました。それよりもやや上級になって、いまの東京大学教養学部にあたるところの学生だったころ、成立学舎という私立の学校で一緒に勉強した連中で「十人会」というのをつくって、友達と下宿で共同生活をしていたことがあります。これがもうひとつの漱石の親友像です。もうひとり挙げると、米山保三郎という親友がいます。この人は大学を出て留学する直前に死んだと伝記には書いてありますが、禅に凝《こ》って禅の修練をした人です。腸チフスで夭折してしまったのですが、建築家になりたかった漱石にたいして、いまどき日本でどんなに立派な建築をつくっても西洋の大建築に及ぶわけがない。建築家なんかやめてしまえ。文学とか哲学をやったほうがいいと勧めてくれて、それで漱石が文科志望に転じたといわれています。この人は漱石にとってたいへん重要な人だったとおもいます。

漱石の親友像はその三種類がとても重要です。たぶんこの三つを全部ごちゃまぜにしてということになるのでしょうが、そのなかでいちばん重要なイメージは米山保三郎です。漱石は後に『こころ』という小説を書きますが、おなじ下宿にいる親友のKと二人で下宿の娘さんを好きになって、じぶんが親友のKを出し抜いてその娘さんと一緒になってしまった、そういうことも含めてKは自殺してしまうというのが『こころ』の眼目です。自殺と腸チフスで死んだのとはだいぶ違いますが、たぶんKのイメージは米山という人からとってきたとおもいます。

もうひとり文学関係とはまったく縁のない人ですが、晩年まで何くれとなく隠れながら漱石家の世話をやいたりした豪放な中村是公のことも挙げるべきかもしれません。満鉄総裁時代には漱石を招待し、漱石は『満韓ところどころ』でその旅の思い出を書いています。

僕は漱石の親友像はとても重要な気がします。何が重要なのでしょうか。漱石の奥さんの『漱石の思い出』を読むと、明治四十年ごろまで漱石は被害妄想と追跡妄想と恋愛妄想に明け暮れていたことになっています。漱石の妄想性の病気というか異常はいろいろな専門家がいろいろなことをいいますが、僕はいまでいうパラノイアだとおもいます。この病状が激しくなってくると、親しい友とか兄弟とか、じぶんにとってきわめて親しく、重要で、親愛感をもっている人が逆に憎悪の対象に転換します。たとえば被害妄想の場合には、そういう人がじぶんをいつでも監視したり追いかけてきたりするとおもってしまうのがパラノイアの病状の重要なひとつの特徴です。漱石の場合、親友がとても重要な理由はそういうところにあります。

たとえば、二人の男性が一人の女性をめぐって三角関係になるという小説が漱石の作品の主流を占めています。西欧だったら姦通小説になったり、もっとあっさりいえば浮気小説になるだけで、それは近代小説のひとつのタイプですが、日本の場合、特に漱石がそういう小説を書くと、姦通小説とか浮気小説にはならないで三角関係の小説になります。

一人の女性をめぐって二人の親しい人間が葛藤するのが三角関係の小説で、これは不倫小説とか浮気小説とはほんとはまるで違います。何が違うかというと、二人が親しいこと、もしかしたら広い意味での同性愛に近いかたちで親愛感をもっていることが三角関係小説の大きな特徴です。これがなければ、単なる姦通小説で、トルストイの『アンナ・カレーニナ』とかフローベールの『ボヴァリー夫人』みたいな小説になりますが、漱石が書くとそうはならないで三角関係小説になってしまいます。

つまり、三者三様にギリギリ追い詰められて、『こころ』の場合では親友は自殺し、じぶんは下宿の娘さんと一緒になって暮らしますが、やがて年を経て明治の終わりとともに先生も自殺してしまって終わります。つまり、三者三様に自滅していくようにもっていく。大なり小なりそれが漱石の主題になってきます。そういう意味合いで漱石の親友体験としていま申しあげた三つのことが重要だとおもいます。

漱石は世間的な地位からいえばいい大学や学校の先生だったのに、なぜそれを放てきして松山中学へ行ったのか。もちろん紹介する人はいましたが、それについて僕なりに申しあげると、漱石のパラノイアの体験と結びついて二つの理由があります。

漱石のパラノイア体験

ひとつは伝記的な事実からいうと、学生時代、明治二十年ごろから目を悪くして、いまも御茶ノ水にある井上眼科に通います。そこに一人の娘さんがいました。漱石が好きなタイプの人で、細面の美人です。控室で見ていると、老人が診察を受けにやってくると親切に手を引いていすに座らせてあげるとか、実にいいふるまいをする娘さんで、漱石は恋愛感情をもちます。明治二十四年の正岡子規宛ての手紙に出てきますし、大学を出たころのこととして、奥さんもいっています。

それから明治二十七年、大学院に通っているとき肺結核の徴候があって、医者にかかるという体験があります。そのころは、「十人会」のなかに入るとおもいますが、菅虎雄という親友の家から学校へ通っていました。しかし、あるとき置き手紙をして黙ってどこかへ行ってしまいます。しばらく経ってから尼さんのお寺に下宿して、そこから学校へ通いはじめます。そのあいだ何をしていたか、どこへ行っていたかは一切わからないと年譜はいっています。とにかくあらわれたときには、小石川表町の法蔵院という尼寺に下宿して、そこから学校に通いはじめます。何が悩みなのか、何が精神的な危機なのかはわかりませんが、このとき菅虎雄の紹介で初めて鎌倉の円覚寺に座禅を組みに行っています。このことは、『門』という小説のなかにも出てきます。

漱石の奥さんが、漱石が語ったこと、あるいはわかったこととして書いています。じぶんはかつて眼科の病院で出逢った女の人と一緒になろうとするけれども、女の人の母親が性悪な玄人筋の人で、うちの娘をもらいたいなら頭を下げてこいとかいろいろいったり、尼さんにことづてして、尼さんたちがしょっちゅうじぶんのあとをつけたり監視したりしている、ほとほと嫌になったと漏らしたといっています。

もうひとつ、そういうことがあります。わりと長く生きた和三郎という漱石の兄がいます。この人は三男ですが、漱石は法蔵院からこの兄のところへ行って、こういう娘さんから結婚の申し入れが来なかったかと問いただします。兄がそんなことは全然なかったよといったら、あんたはおれに何もいわないで、そういう申し入れがあったのに知らんぷりして追い払って、ぶち壊してしまったんだろうといって、兄をさんざん恨んで、怒って帰ってしまった。兄は、心配になって法蔵院へ行って尼さんに、金之助の近ごろのようすはどうだろうかと聞いたら、ちょっとでも目線が合うとにらみつけられてしまう、どうおもっているのか知らないけど、とにかくにらみつけられておっかないと尼さんがいったと、その当時の漱石について語っています。

漱石のほうは、どんなところへ行っても近親と知り合いから監視されたり、じぶんは頭がおかしいとおもわれているという手紙を正岡子規たちに出しています。どちらのいうことがほんとうなのかわかりません。『漱石の思い出』には、明治四十年ごろまでおかしなふるまいが多くてほとほとまいったと書かれていますが、漱石の自伝的小説『道草』では、じぶんのそういうことはあまり書いていません。逆に、奥さんがときどきヒステリーの発作を起こして自殺未遂をやらかすので、川に飛びこんだりしないように奥さんの帯とじぶんの帯を紐でつないで寝ていると書かれています。つまり、両方ともじぶんの印象がよくないことについては書かないで避けていますから、いずれが真実なのかわからないといっていいのではないでしょうか。

広田先生の夢

その時期に重なる問題でいうと、『三四郎』のなかに、三四郎たちの寄り集まる中心になっている広田先生という人がいます。あるとき三四郎が一人で訪れたら広田先生が眠っていて、起こさないでいると目を覚まして、いま夢を見ていたといいます。どんな夢かたずねると、広田先生は、じぶんが生涯にたった一度会った女が夢のなかに出てきたんだと語ります。どんな女ですかというと、十二、三歳のきれいな女だといいます。三四郎が、いつごろ会ったのですかと聞くと、二十年ぐらい前だと答えます。よく二十年前に会った女だとわかりましたねといったら、夢だからわかったといえるんだというのです。

広田先生は明治二十二年に会ったといっています。どういうふうに会ったかというと、明治二十二年は憲法発布の年で、西洋かぶれだということで暗殺された当時の森有礼文部大臣のお葬式があって、そのときじぶんは高等学校の学生だった。森有礼の葬列を弔うということで学校から連れていかれて、葬式の行列が通るところに並んで待っていたら、行列のなかにその女の人がいたと広田先生は語ります。

これはすこぶるおかしいことです。つまり森有礼の葬式の行列の馬車のなかにその女の人がまじっていたなら、それは森有礼の姻戚関係とか近親の人でなければならないはずです。しかし全然そんなことはなくて、小説によれば行列のなかにその女の人がいた、夢を見るまでまるで忘れていたけど、それでじぶんは思い出したというのです。

そのあと、その人にどこかでまた会いましたかと三四郎が聞くと、そのあとは会ったことがないと答えます。三四郎は先生がいまも独身でおられるのは、その人のことが忘れられないからですかと聞きます。広田先生は、じぶんはそれほどロマンチックな人間ではない。ただじぶんが独身でいることとその女の人が忘れられないことをもし関連づけるとすれば、ないことはない。どう関連づけるかといえば、父親が早く死んで、母親が一人残った。母親が病気になって死に際にじぶんを呼んで、私が死んだらおまえはだれそれの世話になりなさいといった。初めて聞く名前で、知りもしないし、会ったこともない。なぜかと母親に聞くと、死に際のかすかな声で、その人がおまえのほんとうのお父さんだといった。それで、結婚とか夫婦ということに不信感をもって独身でいることはありうるのではないかとおもう、と広田先生はひとごとのように三四郎に語ります。そして、じぶんの母親が死んだのは憲法発布の翌年だったと語ります。

初期の『夢十夜』という小説がありますが、僕はこの『三四郎』のなかの広田先生の夢物語は漱石の十一番目の夢だといってもいいとおもうといったことがあります。広田先生の夢の挿話のなかに、漱石自身のじぶんの母親との関係とか、なぜ清が理想的な母親像なのかということとか、『硝子戸の中』に、寝ていて夢うつつでいると、女中さんがじぶんの耳元で、あなたがお爺さん、お婆さんといっている人は、ほんとうはあなたのお父さん、お母さんですよとささやいてくれたということが出てきますが、そのささやいてくれた人の問題とか、『坊っちゃん』に出てくる父親、母親の問題があらわれているとおもいます。

これらを総合すると、このとき漱石は恋愛妄想をきっかけにして一種の妄想状態というか思い込み状態にあったということができるでしょう。

なんとかしてじぶんはここから抜け出ようというモチーフがあって、抜け出るにはどうしたらいいか。いっそのこと、いままでの学校の関係とか、友達の関係とか、近親の関係とか、ぜんぶ断ち切ってどこかへ行ってしまおう、それが思い込みの状態から離脱する唯一の道だとかんがえたのではないでしょうか。そのときたまたま松山中学に教師が必要だという話があったので、いままでの良い職業をなげうって松山中学に行ってしまったのではないかとおもえるのです。

ユーモア小説の悲劇性

つまり恋愛妄想から始まった一連の漱石の妄想状態、あるいは追跡妄想とか被害妄想といいましょうか、尼さんから監視されているとか、いつもだれかから見られているとか、近親や友人からあいつは頭がおかしいとおもわれているという一切の被害的な妄想状態から逃げよう、それを断ち切ってしまおうとかんがえたのが松山行きの動機だという理解の仕方をするのがいいとおもいます。この松山行きがなければ、もちろん『坊っちゃん』という作品は生まれてこなかったわけですが、それだけではなくて、漱石はこれによってずいぶん癒されるところがあったのではないかとおもいます。

追跡妄想とか恋愛妄想とか、それぞれの場面によっていろいろな言い方がありますが、根柢的にいえば、それは母親の問題だとおもいます。妄想の場面では、母親が追いかけてくる初恋の人に変わったり、じぶんをたえず監視している尼さんになったりします。かつていちばん愛した人がいちばん憎悪の対象になるというのは、漱石の妄想の大きな特徴です。漱石がそれをどう名づけようと、病気じゃないといおうと、それはいいのですが、漱石の妄想の体系があって、それがいちばん集約的にあらわれたのが松山中学へ出かけていった時期ではないかとおもいます。それが松山行きの動機だったとおもわれます。

漱石の『坊っちゃん』には妄想的な主人公はおくびだに出てきません。すこぶるきっぷがよくて、悪童でもさっぱりしている。そういう主人公ですが、それを描く裏にはかなり惨憺とした漱石の精神の危ない時期が潜んでいるとかんがえたほうがいいのです。

一般にユーモア小説とか風刺小説はたくさんありますが、その根柢にいちばん必要なのは一種の悲劇性です。悲劇性のないユーモアはその場かぎりです。言葉だけでどうにでもなってしまうユーモアだったらそれでいいのですが、多少でもユーモア自体に一種の永続性とか普遍性があるとすれば、それにはかなり難しい精神状態が根柢にあることが重要な気がします。それがあることで、漱石の『坊っちゃん』は日本の近代小説のなかで悪童物語の典型になっていて、いまでも読むとたいへんおもしろおかしい小説で笑えるのです。明治時代に書かれた小説がいまでも悪童小説として通用してしまうという永続性は、その場かぎりの言葉のあやではだめなのです。その永続性は、たぶんそのとき漱石の奥のほうに隠されていた生涯の悲劇性です。大会社の重役として勤めていた人が突然やめて中小企業の平社員になったのとおなじぐらいたいへんなことを、なぜやったのか。漱石がもっていた精神状態はそんなことには代えられなかったというか、そんなことをグズグズいっていられない状態で、たいへんな生涯の危機のひとつだったと理解することができるのです。

この種の理解があったほうが、『坊っちゃん』という小説を読む場合にわかりやすいのではないでしょうか。

僕が漱石が『坊っちゃん』で描いた理想の母親像だといった清という老女ですが、これをもう少し若くしたのが、次の作品である『虞美人草』の宗近君という人物の妹として出てくる糸子です。もっといえば、この人が漱石の理想の若い女性像になるのではないかとおもいます。

『虞美人草』

難解な美文調と字句の難解さ

『虞美人草』で、おいおい漱石の理想像や性格の類型像のところに入っていきたいとおもいます。皆さんも『虞美人草』という作品はあまり読んでいないかもしれません。その理由はとてもはっきりしています。描き方が装飾過剰で、文語調と口語調がまじっていて、美文で、読むのがめんどうくさくてしょうがない。そうでありながら物語としての筋は、ある意味でたいへん通俗的で単純な人物の扱い方をしています。ですから皆さんもたぶんこれは敬遠する以外になくて、あまり読まれていないとおもいます。そこのところを中しあげて、『虞美人草』が読みやすくなるように少しだけ入ってみたいとおもいます。

『虞美人草』の根本性格のひとつは、実に難解な美文調の説明が加えられていることです。その美文調の説明を二つに分けると、ひとつは字句の難しさです。もうひとつは説明で、芝居でいえば一種のナレーションです。つまり登場人物が会話を交わしたり筋を運んだりすることにたいしてナレーションが舞台裏で流れてくる芝居をおもい浮かべればいちばんいいのですが、ナレーションあるいは地の文が普通のものではなくて、たいへん凝《こ》ったものになっています。

その凝り方は、単純にいってしまうと、ひとつは美文調の風景描写です。もうひとつは、たとえば登場人物の会話があると、その会話にたいしていちいち作者が顔を出して注釈を加えます。それが講釈師とか講談師とか落語家が講釈を加えるように俗っぽいというか、通俗的な講釈の加え方をしています。その二つが作品を読みにくくさせている『虞美人草』の大きな特徴だといえます。

字句の難解さから説明しますと、僕らの教養では読めないのです。つまり、どういう意味なのかがわからないのです。ナレーションの端々《はしばし》ですから、わからなくても大筋では作品を読むのに不自由はしませんが、古典の作品を読んでわからないのとおなじで、わからない作品を読むのは実に嫌なものです。

わからない字句をいくつか挙げてみます。まず「溽」という字。これを読めといってもわかりません。これは「セン」と読みます。その次の「湲」は「カン」と読みます。そうするとセンカンになりますが、どういう意味かというと、辞書には水が流れているありさまを形容するときにいうと書いてあります。これは引用です。『虞美人草』の本文には「脚下《きやつか》に奔《はし》る潺湲《せんかん》の響《ひびき》」とありますす。足元に水の流れが響いていたということだとおもいます。『楚辞』という中国の古典があります。『詩経』を北方系の中国の古典詩と考えると、南方系のものを集めたのが『楚辞』だそうですが、漱石は『楚辞』のなかにある言葉を引用しています。それはいいのですが、とにかくぜんぜん読めないのです。『虞美人草』以外のところでこういう字にお目にかかることも、こういう単語にお目にかかることもありません。

もちろんそれは漱石の漢文学の教養がいかにたいへんなものだったかということをあらわしているし、いかに僕らが教養がないかということもあらわしているにはちがいないのですが、『虞美人草』は漱石の最初の新聞小説です。新聞小説にこんな言葉を使うわけです。

漱石の教養の孤独さ

僕が一生懸命善意に解釈して申しあげますと、これは漱石の教養というか教養過程がいかに孤独だったかをあらわしているとおもいます。つまり一般的に同時代の文学者は、子供のときは漢文学を習います。文学者になろうというほどの人でしたら、西洋の翻訳小説を読んだり、多少語学を勉強して原文で向こうの小説を読むというのが一般的な教養です。その一般的な教養のなかに漱石という人を置いてみると、いかに孤独かということがわかります。青年時代に漢文学を習って、西欧の外国語も習って、外国の小説も多少は読んだという人の小説を読んでも、こういうものは出てきません。特別に漱石だけに出てくるといっていいぐらいの字です。それはなぜかということなのです。

漱石は若いときに漢文学をよく習い、漢詩をさかんにつくって、よくできた人です。そして英語の学校へ行き、大学へ行き、英文学をやり、留学もした。英語がよくできます。だから外国に行ったとかいかないという別はあったり、多少教養の程度は違っても、同時代の文学者とだいたいおなじようなものです。それなのにどうして漱石がこういう言葉づかいをするかというと、じぶんの受けた教養にたいする自負と疑問を漱石だけが手放さなかったことを意味しているのです。

おなじ漢文学の教養だけど、漱石はどこまでかんがえるかというと、西洋でいう文学とはなんぞやという概念と、じぶんが若いときに一生懸命に習った漢文学でいう文学という概念とはまるで違うのではないかということがものすごく疑問になります。イギリスから帰る一年ぐらい前にそれが大疑問になります。じぶんは何をしに行ったんだろうかという疑問を生じて、本を買い集めて、文学とは何かということをはっきりさせたくて、そういう勉強をやります。もう遅いのですが、下宿にこもりっきりになって、下宿のおばさんは、夏目は頭がおかしくなったというし、日本の留学生たちも帰国して、夏目はちょっとおかしくなっていると噂します。しかし本人はそのときになって初めて、漢文学あるいは東洋文学でいう文学と西洋文学でいう文学はまるで違う、この疑問を解かなくては嫌だとおもって、帰国間際になってから、帰ってからも通用するように、文学とはなんぞやという問題をめぐってさかんにノートをとります。文学そのものと考えないで、文学の社会学、文学の心理学みたいな周辺から攻めていって、さかんにノートをとって、フラフラになって帰ってきます。

つまりおなじ教養でも、国内で若いときは漢文学をやり、長じて西洋の語学も少し習って、西洋の小説も読んでという同時代の文学研究者ののほほんさというか、のんき気さというか、ばかさ加減に比べると漱石はめちゃくちゃにじぶんを突き詰めていきます。

本質的にいえば簡単なことで、東洋の文学は自然と人間のあいだのやりとりが主たるテーマで、西洋の近代文学は人間と人間との葛藤の仕方、関係が文学の根本的なテーマになります。これはまるで違います。漱石もまるで違うものだとおもって帰ってくればいいのですが、これはおかしい、ほんとうの文学とは何かとかんがえて、神経衰弱になるまでそれを突き詰めていくものですから、じぶんのもっている漢文学の素養にたいしても、それを簡単に捨てて西洋近代文学についていくことができないし、逆にここにだけこだわるということもできない。つまり漱石の文学者あるいは文学研究者としてのなんともいえない孤独な筋道が、こういう難しい字を新聞小説のなかで使わせているのだとおもいます。

もしかするともっとつまらない動機があって、おれはこれだけできるんだということで新聞小説にこんなことを書いているのかもしれません。そういう要素も入っていなくはないかもしれないけれども、僕は漱石がいかに孤独な筋道でじぶんの文学へののめり込みの過程をかんがえていったかという、その孤独さがあらわれているとかんがえます。それは善意な解釈です。

次もそうです。これはシュウと読むのかとおもったら、そうではなくてユウと読むそうです。「翛然《ゆうぜん》」とは早くゆくさまということで、これは地の文のナレーションのなかにあります。空の薄雲が急に消えて晴れ間になったということだとおもいますが、

「薄き雲の翛然と消え」という言い方をしています。これは漱石がどこかの文章を引用したわけではなくてナレーションでこういう字を使っていて、冗談じゃないとおもいます。それはこっちのほうが悪いので、僕みたいな者が批評家として通用してはほんとうはいけないのでしょうが、漱石もたいした教養です（笑）。

これは「罩」という字で、水につけて魚を捕る籠という意味だそうです。罒に卓で「コメル」と読むそうです。また、これは大の下に區という字を書いて「レン（奩）」と読むそうです。どういう意味かというと箱です。当時でいえば鏡やクシを入れておく小箱だとおもいます。これは漱石が引用している詩の言葉のなかに入っています。

もうひとつ、絶対に読めなかったもので「儃佪」という単語があります。儃は「セン」と読ませています。佪（カイ）はめぐる、回るという意味になります。これも地の文のなかにありますが、「この世に生まれるのは……白頭に儃佪し、中夜に煩悶するために生まれるのである」と書いてあります。ここはよくわからないのですが、白頭は白髪頭ということでしょうか。つまり白髪頭になってもまだ夜中過ぎに煩悶したり、そういうことがこの世に生まれた人間の宿命みたいなものだといいたいのだとおもいます。

僕がまったく読むことができない字だけでも、これだけあります。だから漱石の抜群の漢文学の教養が新聞小説にあらわれているというほかはありませんが、これは『虞美人草』の大きな特徴です。もちろん大学の先生をやめて、朝日新聞社に社友として入社して、最初の新聞小説なので気負いとかいろいろなものがあるとおもいますが、わからない字をたくさん使っていることが『虞美人草』の大きな特徴です。僕は、この特徴は漱石が日本へ帰ってきてもいかに孤独な人だったかということを象徴しているとおもいます。

講釈師的な地の文

もうひとつは近代小説としてはあまりいい特徴ではないのですが、ナレーションの文章が講釈師の注釈みたいなものと景物描写にはっきり分かれています。いまの作家の小説だったら地の文はさりげなくやりますが、漱石はそれができないというか、やっていないのです。景物描写のところを少しだけ読んでみましょう。これは京都の景物を描写しています。

山に入りて春は更《ふ》けたるを、山を極めたらば春はまだ残る雪に寒かろうと、見上げる峰の裾を縫うて、暗き陰に走る一条《ひとすじ》の路に、爪上りなる向うから大原女《おはらめ》が来る。牛が来る。京の春は牛の尿《いばり》の尽きざるほどに、長くかつ静かである。

すごく凝った文章であるとともに漢文調で、対句的な表現で展開していく名残りがどこかにあって、まことに古めかしい文章だといえます。

もうひとつ、これは講釈師的な地の文章に入るとおもいますが、

女の二十四は男の三十にあたる。理も知らぬ、非も知らぬ、世の中がなぜ廻転して、なぜ落ちつくかは無論知らぬ。大いなる古今の舞台の極まりなく発展するうちに、自己はいかなる地位を占めて、いかなる役割を演じつつあるかは、固《もと》より知らぬ。ただ口だけは巧者である。天下を相手にする事も、国家を向うへ廻す事も、一団の群衆を眼前に、事を処する事も、女には出来ぬ。女はただ一人を相手にする芸当を心得ている。一人と一人と戦う時、勝つものは必ず女である。男は必ず負ける。具象の籠の中に飼われて、個体の粟を啄《ついば》んでは嬉しげに羽搏《はばたき》するものは女である。籠の中の小天地で女と鳴く音《ね》を競うものは必ず斃《たお》れる。小野さんは詩人である。詩人だから、この籠の中に半分首を突き込んでいる。小野さんはみごとに鳴き損ねた。

何をいおうとしているかわかるような気もしますが、たいへんな注釈がついていますす。これが『虞美人草』の地の文章です。これがもっと極まっていくと、作者がじかに登場してしまいます。

この作者は趣なき会話を嫌う。猜疑不和の暗き世界に、一点の精彩を着《ちゃく》せざる毒舌は、美しき筆に、心地よき春を紙に流す詩人の風流ではない。閑花素琴の春を司どる人の歌めく天《あめ》が下《した》に住まずして、半滴の気韻だに帯びざる野卑の言語を臚列《ろれつ》するとき、毫端《ごうたん》に泥を含んで双手《そうしゅ》に筆を運《めぐ》らしがたき心地がする。

こういうぐあいに、作者がじかに講釈師として地の文のなかに登場してしまうというやり方をしています。落語とか、徳川時代の戯作《げさく》とか、講釈にはこういう言い方が登場しますが、漱石は意図的にも無意識的にもそれをずいぶん使っています。これが『虞美人草』の大きな特徴です。

『虞美人草』のシチュエーション

『虞美人草』には作者があまり好きでない藤尾《ふじお》という主人公の女性がいます。藤尾はどうしようもない傲慢な女性として描かれていて、文学を非常によく解する、学校を出て学位論文を書こうとしている小野さんという男と仲良くなっていきます。そして小野さんを自分の対手であり、将来の夫だと擬《ぎ》します。

藤尾には母親が違う甲野さんという義兄がいます。この人は学校の哲学科を卒業して、何もしないでブラブラしているように描かれています。『それから』もそうですが、これは漱石の一連の作品の主人公として出てくるタイプです。甲野さんには、周辺からあいつは神経哀弱でおかしくなっている変人だといわれていた漱石の面影がやや投入されています。そして甲野さんをよく理解している親友が宗近君といいます。それから宗近君の妹の糸子が甲野さんに好意をもっていて、とてもよく理解していま す。

小野さんは昔貧乏なときに京都で孤堂という先生の書生をしていて、娘さんの小夜子も先生も小野さんはやがて娘の亭主になって、その先生と一緒に住むことを既定の事実としています。小さいときから書生さんとしてめんどうを見てきたからです。ところが小野さんは知識が増殖して話がわかるようになると、藤尾という女性が好きになります。

藤尾は宗近君と一緒にさせようという親の昔の口約束がありますが、宗近君はきっぷはいいけれども劣等生で、外交官試験に落第ばかりしています。藤尾からは全然ばかにされていて、一緒になる気はない。だけど宗近君のほうは藤尾が好きで、一緒になれるとおもっている。こういうシチュエーションです。

このシチュエーションは、漱石の小説のひとつの方法といってもいいのです。どういう方法かというと、初めは遠回しで、『虞美人草』でいえば甲野さんと宗近君が京都へ旅行に行って宿屋に泊まると、おなじ宿に孤堂先生と小夜子という娘さんが泊まっている。娘さんが琴を弾いていて、あの琴の音がいいとか、あれは美人だとかいっていて、そういうふうに出逢います。東京へ帰る汽車のなかでも、先生とその娘さんになんとなく出逢います。初めは無意識だったのが、孤堂先生と娘さんは小野さんが結婚してくれるだろうとおもって小野さんを頼って上京してきます。ところが小野さんは藤尾という女性が好きになっています。だから親切にはするけれども、結婚する気はないのです。つまり初めはなんでもなく偶然のようにして出逢った人たちが、だんだん狭まって、ひとつの物語のつながりができるところまで近寄っていきます。この小説のつくり方は漱石のひとつの特徴です。

『三四郎』の場合にも、三四郎が九州の熊本から上京してくるとき、列車のなかで桃ばかり食べている老人と一緒になって、広田先生とは知らずに言葉を交わすところから始まって、それが広田先生を中心とした物語の圏内にだんだん狭まっていくという構成の仕方をしています。どうしてそういう構成の仕方を漱石はとったかというと、僕は漱石のある意味で病的な資質に関係があるとおもいます。つまり偶然のように出逢った者たちが、だんだん一緒の物語のなかに入ってくるぐらい、圏内に入って、またそれがほんとうは夢かうつつかわからないというふうになっていく。それは漱石の一種の妄想性の資質と深いかかわりがあるとおもいます。その小説の作り方は漱石の大きな特徴のひとつになっています。

『虞美人草』では、宗近君は藤尾と結婚できないし、小野さんは宗近君に、あんたは先生や上京してきた娘さんをどうするつもりなんだ、そんなことでいいのか、一生に一度ぐらい真面目になれ、とお説教されてしまいます。

それからもうひとつは、藤尾とそのお袋さんは、甲野さんが財産を譲ってくれて、藤尾と小野さんを一緒にして家を継いで、甲野さんは外へ出てくれればいいと心のなかではおもっています。だけどあからさまに甲野さんを追い出す口実がないから、口では早く結婚してうちを相続してもらわないと困る、とまったく反対のことをいいます。甲野さんは財産も家も要らないとぜんぶ藤尾にあげて、じぶんは外に出るといって最後には出ていってしまいます。

それではどこへ行くのかということになりますが、宗近君がうちへ来ないかといいます。おまえのところに行ってもしょうがないというのですが、おれのためじゃなくて、妹の糸子のために来てくれないか。あらゆる人があなたを変人だとか精神が狂っているとかいっても、妹だけはあなたをほんとうに理解している、そういう、いい女だ。だから妹のためにうちに来ないかとさそいます。

藤尾は、小野さんが孤堂先生の娘さんのところに行くので、宗近君に結婚の約束の金時計を渡そうとするのですが、嫉妬で砕かれてしまいます。そして藤尾は傲慢さをへし折られて自殺してしまうというのが『虞美人草』の物語としての筋です。

『虞美人草』の重要な取りえ

この手のめちゃくちゃなわけのわからない美文と講談師調の注釈、そして筋立て、人物の描写もいい描写の仕方ではありません。この作品は読む人が少ないのに比例して、あまりいい小説ではないということになりそうな感じがします。しかしこれが新聞小説になったときには、三越から虞美人草ゆかたという商品が出ています。当時の一般読者は教養もあったのでしょうが、たいへん騒がれて、評判を呼んだ作品です。

しかし後世の人はあまりこれを読まなくて敬遠している。それでは、この小説にはなんの取りえもないのかということになります。僕はひとつだけ取りえがあって、それはかなり重要なことではないかとおもっています。それは何でしょうか。

この作品のなかには、文学というのはもともとを正せばこういうものだったのではないか、というものがあります。たとえばいま申しあげたように、最後のところで宗近君が甲野さんに、あらゆる人があなたのことを変人だとか病気だとかいっても、うちの妹だけはあんたを信じているし、ちゃんとわかっている、そういう女だ、だからうちへ来ないかとさそうところがあります。そこの描写のなかには文学の初源性というか、文学とはもともとこういうものだというものがあるのです。

宗近君はじっと甲野さんを見た。

「甲野さん。頼むから来てくれ。僕や阿父《おやじ》のためはとにかく、糸公《いとこう》のために来てやってくれ。」

「糸公のために？」

「糸公は君の知己だよ。御叔母《おば》さんや藤尾さんが君を誤解しても、僕が君を見損なっても、日本中がことごとく君に迫害を加えても、糸公だけはたしかだよ。糸公は学問も才気もないが、よく君の価値《ねうち》を解している。君の胸の中を知り抜いている。糸公は僕の妹だが、えらい女だ。尊《たっと》い女だ。糸公は金が一文もなくっても堕落する気遣のない女だ。――甲野さん、糸公を貰ってやってくれ。家《うち》を出ても好《い》い。山の中へ這入《はい》っても好い。どこへ行ってどう流浪しても構わない。何でも好いから糸公を連れて行ってやってくれ。――僕は責任をもって糸公に受合って来たんだ。君が云う事を聞いてくれないと妹に合す顔がない。たった一人の妹を殺さなくっちゃならない。糸公は尊い女だ、誠のある女だ。正直だよ、君のためなら何でもするよ。殺すのはもったいない」

宗近君は骨張った甲野さんの肩を椅子の上で振り動かした。

ここが最後のクライマックスの描写のひとつです。この作品を読む価値があるのはクライマックスになったところであって、文学とはこういうものだったんだという感じが油然《ゆうぜん》とわいてきます。少なくとも僕の感受性だったらそうなります。この種の、文学とはもともとこういうものだったんだという感じをフッと出させる作品を書いた作家がいたら、それは第一級の作家だとかんがえていいと判断します。僕はそうおもっています。

つまりそれ以外は、どんなに精緻な作品でも一級の作品ではなくて二級以下です。第一級の作品にはこういうものがあります。悪くすると読み物小説になって、『一杯のかけそば』のようになってしまって、ある面では感激できても別の面のじぶんの心はシラケてしまうということになってしまいますが、高度化すると第一級の作品にしかないもので、これが文学の一種の初源性です。これを作品のなかに高度に出せる人は、やはり第一級の作家とかんがえたらよろしいとおもいます。それのない作品はどういうものをとってきても、だれがどういっても、それは一級の作品ではないとおもったほうがいいと僕はかんがえます。

文学の初源性

どうしてかというと、たとえば男女の関係でいえば、失恋したせつなさとかあきらめ、やるせなさ、それからある事柄にぶつかって挫折して、しょげてしまって、どうしようもなく憂鬱になってしまうという体験がありましょう。この種の文学の初源性はそれに対応するのです。

逆にいえば、ゲーテの『若きヴェルテルの悩み』とかバルザックの『谷間の百合』みたいな世界文学の第一級の恋愛小説をとってきても、文学には現に恋愛している人の心躍りを小説に向かわせる力はないのです。文学は架空のもので、言葉であって、いくらやっても作り物で、実際に恋愛真っ最中の人を恋愛小説で釣ろうとしてもそれは無理で、絶対にかなわないのです。しかし、男女が恋愛の真っ盛りで、両方とも無我夢中になって、いま別れても次の瞬間にはもう会いたくてしょうがないぐらいになっている。そういう心躍りを文字のなかに、言葉の表現のなかにもっているとしたら、それは文学の初源性です。

恋愛にかぎらず　ある事柄にぶつかって挫折したとか、めちゃくちゃな目にあって落胆して死にそうだという体験の切実さでもいいけど、それが描かれていて、文学はこういうものだったんだとおもう作品があります。しかしその場合もおなじで、現にそういう体験にぶつかって、しょげて、今日死のうか明日死のうかとおもっている人にそういう作品をもってきても、その作品に向かわせることはできません。つまり文学にはそういう力はないのです。

しかし逆にいえば、それに匹敵するだけのものをもっていることが、文学の初源性です。『虞美人草』のある場面がもっているこの感じ、もとを正せば文学はこういうものだったんだ、どんなに複雑に、高度に表現の仕方が発達してももとを正せばこれだったんだということは、漱石の作品のなかでたぶん『虞美人草』だけが感じさせるものです。もっといい作品はたくさんありますが、ほかのものにはそれはないといっていいぐらい、この作品だけにあるものです。ですから、それを楽しみにするというか目当てにすれば、『虞美人草』はほかのすべての欠陥にもかかわらず、やはり読むに値する作品だといっていいとおもいます。

これは僕らのもっている文学にたいする考え方の根本にある問題です。文学にたいしてはさまざまな考え方があるでしょうが、僕はそういう考え方をもっているし、ほんとうに第一級の文学者、作家とそうではない作家との区別にしています。つまりほんとうに第一級の作家の作品のなかには、必ずそれがあるとおもいます。

文学とはこういうものだったんだと、「あっ」とおもってしまうものがあります。これは必ずしもそれ自体が高級なわけではなくて、いくらでも低級になりえます。低級というか通俗的な読み物にある倫理観、善悪観にもなってしまいますから、必ずしもそれ自体が高度だということではありません。しかしそれを高度にもっていったものがあるかないかということはたいへん重要な区別であり、それを感じるか感じないかも重要な問題だとおもいます。ですから皆さんがいままで敬遠していたとしたら、僕は『虞美人草』を一度読んでご覧になるといいとお勧めできるとおもいます。

『三四郎』

新しいタイプの女性

『虞美人草』の藤尾という女性がもし自殺していなかったら、『三四郎』の美禰子《みねこ》という女性になるとおもいます。漱石の女性像の系譜がそうなっているとおもいますし、糸子に当たるのが野々宮さんの妹のよし子だとおもいます。

現在のフェミニストや女流作家のものを見たことがありますが、どれが理想の女性像かというと藤尾だといいます。ところが、漱石の理想像はまったく逆で糸子だとおもいます。それは『坊っちゃん』の清《きよ》を若くしたものとおなじです。漱石は女性についてはそれほどいっていないけど、いろいろかんがえていた人です。別にじぶんの理想像は糸子だといったわけでもないし、おれが殺したくてしょうがないのは藤尾みたいな人だといったわけでもありません（笑）。だから本心はわかりませんが、僕は乳幼児の頃の体験を核にした漱石の思春期までの育ち方のひどさをかんがえて、そこから理解していくと、どうしても清とか糸子が漱石の理想像だとおもい描くことができます。

つまり、男女はほんとうはある距離まで近づいたときには何もいわなくても対手をわかってしまう、それが理想だという考え方が漱石にはどこかにあって、それが少し病的なほうに傾いていくと一種の思い込みの体系ができてしまう。思い込みの体系は恋愛関係のときにはだれでもありますが、それがもう少し脇へそれていくと、やはり一種の妄想の体系になるのです。漱石には、ところどころであらわれる妄想の体系が確実にあった気がします。それは漱石の悲劇ですが、それを遺伝子のせいにしないとすれば、漱石の乳幼児の頃の体験から始まって形成されていったとかんがえることができるでしょう。

漱石は『虞美人草』の藤尾から『三四郎』の美禰子へと移っていきますが、それら一連の藤尾とか美禰子とかは、たぶん当時あらわれ始めた新しい女性のタイプだったのです。この新しい女性のタイプを、漱石はずいぶん一生懸命追求しているというか追いかけているとおもえます。ある場面では新しい女性のタイプよりも、清とか糸子ほどではないけれども、気違いじみた主人公をいかに理解するか、あるいはいかにそれに応えるかという女性を描いてもいますが、『坊っちゃん』、『虞美人草』、『三四郎』という青春小説のなかではたいへん新しいタイプの女性を追いかけています。

この追いかけ方は、たとえば『三四郎』が出たときに、森鷗外が読んで、じぶんも青春を書いてみせるとかんがえて、『三四郎』に該当する『青年』という作品を書いています。これはどこが違うかというと、『青年』のなかでは年上で性的な体験も精神的な体験も豊富な女性を描き出しています。それにたいして青年がどうふるまうか。別の言葉でいうとどう遊ばれてしまうかということですが、それをとてもよく描いています。

もうひとつ鷗外が固執したのは向島《むこうじま》の玄人筋の女の人で、相当関心をもって描いています。鷗外と漱石は年齢は五歳ぐらいしか違いませんが、女性観はずいぶん違ってしまいます。鷗外はなんとなく紅灯《こうとう》の巷《ちまた》にいそうな女性とか、あるいは年上のとても世慣れた、男慣れをした女性を新時代の青年の対手として小説のなかに登場させます。それはだいぶ漱石とは違う感じ方になります。漱石のほうは、そういう意味合いではとてもきまじめだというとおかしいでしょうか、その種の性的遊びはあまりできない人だし、やらない人だったのでしょう。

漱石がじぶんの奥さん以外に関心をもったのは友達の奥さんで女流作家である大塚楠緒《くすお》で、距離感をもって見ればいいなといっていた唯一の女性です。そのほかにはそういう体験もないし、実生活上の翳もないし、作品にもあまり出ていません。

見事な心理描写

そういうところで漱石は『三四郎』を描いていて、この作品には鷗外の『青年』だったら絶対に描けないとおもわれるところがいくつかあります。それは大ざっぱにいってしまえば一種の心理主義であり、心理小説の要素です。鷗外の『青年』には心理的な要素はほとんどありません。つまり後々までいえば、鷗外が『青年』とか『雁』という作品を書き終えてしまって、史伝小説、歴史小説に入ってしまうのは、封建社会、武家社会における女性に多少の関心はもったでしょうけれども、ある意味ではとてもわかる気がします。

たった五年の違いで、女性をめぐる体験が鷗外と漱石ではずいぶん違うとおもいます。漱石はそういう意味では鷗外ほど実体験は豊富ではないけれども、そのぶんだけ心理小説としては鷗外の描けなかった見事な、微細な心理のかげりを描いています。『三四郎』で例を挙げてみると、広田先生と野々宮さんという理学者を中心にして、三四郎、美禰子、よし子などが団子坂《だんござか》の菊人形を見に行くところがあります。いまはその面影はないのですが、そのころは菊人形の展覧会みたいなものがあると団子坂に店ができたり、お祭りのように人がにぎやかに行き来する、そういうお祭りで菊人形を見にブラブラ歩きながら交わす会話があります。

そのにぎやかなところにおこもさん（乞食）がいて、なんといっているのか書いてないけど、あわれな者に恵んでくださいとか、そういう言葉を大声でいいながら額に手を合わせておじぎをします。そこを通りすぎたときに広田先生が三四郎に、君はあのおこもさんにお金を恵んであげたかねと話しかけます。三四郎が、いや、あげませんでしたというと、野々宮さんの妹のよし子が、あげる気がしないといいます。美禰子もおなじように、あんなに押しつけがましくされたら、お金なんかやる気がしないといいます。広田先生は、ここは人が多すぎるんだ、山奥のようにだれもいなかったら、拝まれて、恵んでくださいと大声でいわれたら、やはりお金をやることになるといいます。各人各様の感想をもらして、拝んでいるおこもさんにお金をあげなかったことについての感想をいいあうところが出てきます。

三四郎はそれを聞きながら、二つ考えます。ひとつは、この人たちはおこもさんに恵んでくださいといわれてお金をあげるのはいいことだ、善なる行為だというじぶんのような観念がないいんじゃないかとかんがえます。じぶんもお金をあげなかったけれども、なんとなく拍子が合わなくて、あげないで通りすぎてしまった。だから三四郎だけはちょっと後ろめたい感じをもちます。ところがほかの人たちは、あんなに押しつけがましかったらあげる気がしないというので、それはじぶんがもっているナイーヴな善悪観とはちょっと違うと一面ではおもうのです。

ところがもう一面では、おもったとおりのことを隠すことなくいってしまうという意味合いで、もしかするとじぶんよりもこの人たちのほうが正直なのではないか、むしろやらないで通りすぎてしまって、多少の後ろめたさをもって思い返しているじぶんのほうがだめなんじゃないか、じぶんの善悪観のほうが通俗的でだめな善悪観なのではないかとおもったりします。

風俗への鋭敏さ

その種の動揺を三四郎が感じるところの描写は心理の揺れの描写ですが、まことに見事なものです。『三四郎』という小説がいま読んでも、文学作品としてその微妙さにおいて十分に耐えるものをもっていることがよくわかります。漱石が抜群の近代性というか、時代性というか、時代の風俗性にたいしてとても鋭敏さをもった人だったことがよくわかります。

そこを通りすぎると、今度は迷子《まいご》になった子供が、泣きながら連れてきてくれたお婆さんを探しています。そうすると、往来の人たちが、あの子はかわいそうだと語りあっています。おまえがあの子を交番へ連れて行ってやればいいじゃないかと野々宮さんが妹にいいます。妹は、かわいそうだとおもうけど、その子を連れて、この人込みのなかでそこまではかんがえられないというのです。

そこで、迷子をめぐって四人が各人各様の感じ方をします。この場合は交番でその子供を保護して、ああよかったということになりますが、その種の微妙なことにたいして登場人物がそれぞれどういう態度をとるかがとても微妙に描かれています。

三四郎は九州の熊本の高等学校を卒業して、東京の大学に入るために上京してきたばかりですが、『坊っちゃん』の清に該当する母親が郷里にいて、お金は送ってくれるし、うちの畑はいまこうなっていると近況を知らせる手紙もくれます。それは清の手紙とおなじで、慈母というか子供に盲目的な愛情をもった母親の手紙です。田舎には、慣れ親しんでいたお光さんという健康な娘さんがいて、おまえはお光さんを嫁にもらったらどうだといってきたりします。

それは三四郎にとって過去を象徴する世界です。現在を象徴する世界は美禰子やよし子、郷里の先輩の野々宮さん、広田先生で、そういう仲間と学校の講義が現在のじぶんであって、三四郎はそこに現在の関心を覚えます。それで将来はどうするんだろうとかんがえると、ここでひとかどの学問をして、ひとかどの者になることにあこがれて、それがじぶんの将来かな、とかんがえながら学校に通っています。そこに美禰子という、『虞美人草』でいえば藤尾に該当する近代的な女性がいます。理学者の野々宮さんと夫婦約束に近いことをしていますが、野々宮さんは化学の実験に忙しくて、なかなかかまってやれない。その空隙で、その女性は三四郎に気持ちを寄せるのです。

たとえば菊人形を見に行って、三四郎と美禰子がみんなとはぐれて、いまはもう埋め立ててしまいましたが、坂の下を流れる藍染川《あいぞめがわ》のほとりを二人で歩きます。みんな探していないだろうかというと、女のほうはむしろ冷やかな調子で、迷子になってちょうどいいといいながら、その川のほとりに腰掛けて、なんとなくいままでよりも親しみが増していくという体験をします。

三四郎は、じぶんはこの女性に好意をもたれていると思い込みます。女性のほうもたしかにそういう態度を示しますが、それは三四郎の思い込みの仕方ではあまりに単純すぎて、ほんとうの気持ちはなかなかわからないし、野々宮さんにたいする気持ちもあまりよくわかりません。三四郎は友達に、たとえてみれば、二十歳《はたち》の女性と男性を並べたら、女性のほうがずっと大人だ、おまえはどうおもっているか知らないが、とてもおまえなんかの手におえる女性じゃないといわれます。三四郎はどこかでそうじゃないとおもって、じぶんの単なる思い込みではなくて、あの女性はじぶんを好きなのではないかという思い込みをやめません。そして一面では、やはり友達がいうとおりで、あの女性と一緒になったところを想像すると、とてもじぶんが太刀打ちできる女性ではないとおもうのです。つまり三四郎の気持ちの揺れを女性を対象にして描くことが、『三四郎』という小説の眼目です。

美禰子という女性は物語の筋書きとしていえば、野々宮さんとも一緒にならないし、罪はじぶんにあるといいながら、もちろん三四郎とも離れていってしまいます。そしてまったくおもいもかけない人と一緒になってしまうというところで筋書きとしては終わります。

最後の青春小説

『三四郎』はどういう意味をもつかとかんがえると、『虞美人草』という作品を、物語性として近代的な小説の格好をとればどうなるかということをとてもよく書き直した作品だということができます。藤尾は二人の男性の両方を操っているようでいて、しまいには両方から背かれて自殺してしまいます。『三四郎』における美禰子は野々宮さんと三四郎の二人のあいだでふるまい、二人のどちらにも気持ちを傾けながら、どちらにも与《くみ》しないというかたちで、まったく違う男性と一緒になってしまう。『虞美人草』とは違う物語になっていくのです。

一人の女性をめぐる二人の男性というのは、もちろん西欧の近代小説の大きなテーマですが、漱石の場合には、ある程度軽やかで、ある程度の甘さもあって、小説として太陽が照っているものは『三四郎』が頂点で、最後でもあります。漱石は、そのあとはこれ以上の野放図に楽しい小説を描くことはもうなかったといっていいのです。これは最後の夕映えみたいなもの、また最後の青春小説みたいなもので、なんとなくスラスラッと読んでいって、スラスラッと読み終わって、だれにでもある一種の思春期の甘酸っぱさをあとに残す最後の小説なのです。

このなかで漱石はどこにいるかといえば、体験的にはいろいろなところに反映していますが、やはり広田先生のなかにいちばんよく投影されています。広田先生という人物の造形の仕方をたどっていけば、『こころ』の先生みたいに、最後は自殺してしまうというふうになっていきます。

そのあとに出てくる『それから』の代助に『三四郎』の系譜を移し入れると、親友の奥さんと三角関係を引き起こして、最後には家から糧道《りょうどう》を絶たれて、じぶんはこれから職を探してくるといって、その女性とどこかに行ってしまうとか、どこかへ隠れて住むということが暗示されて終わります。『門』になると、代助が宗助《そうすけ》という名前になって、親友の奥方と山の手と下町の中間の、境界の崖下にひっそりと住んで、役所に働きに行っているというシチュエーションになります。

どうかんがえても、『三四郎』以降は一直線に破滅的になっていく三角関係の様相を作品の主要なテーマにしていきます。この主要なテーマは漱石の独壇場です。先ほど漱石がいかによく女性の風俗を見ていたか、鷗外に比べてはるかに、現に当面している風俗の移り方をよく見ていたと申しあげましたが、『三四郎』のあとどんどん破滅的な三角関係を描くことを主題にしていったというのは、やはり漱石が日本の近代以降の文明というか文化をいかによく見ていたかということのひとつの象徴になります。これを見抜いていたのは、たぶん芥川龍之介です。

芥川龍之介の場合

どうしてかというと、これは西洋の近代小説ではただの浮気小説とか、不倫小説になります。個々の人たちのふるまい方が小説作品になりますが、漱石の場合にはそれにたいして、一人の女性をめぐる二人の男という場合、その二人は必ず親友であるとか、『行人』の場合には兄と弟です。つまりとても親しくて、ある意味で抜き差しならない親しさをもっている二人の男が一人の女性をめぐって、という小説に漱石の場合にはなっていきます。

それは、ある意味で日本の特殊性なのです。つまり日本近代小説の特殊性のとても先鋭な、鋭いあらわれ方だということができます。一人の女性をめぐる二人の男性が親友であって、それをギリギリ詰めていくと三者三様に自滅する以外に解決の方法がない。それを辛うじて救済しようとすれば、なんとかこの世を逃れるようにしてもちこたえるしか方法がない。

それが何を意味するかというと、西欧の近代文明あるいは近代文化にたいして、それを後追いしている日本の近代文明あるいは近代文化のなかでは、一人の女をめぐって二人の男がやりあって、一人が勝利を得て一人が敗北した、それはそれで堂々たるふるまいだという西欧的な不倫小説、浮気小説がどうしてもつくれないのです。つまりギリギリ詰めていったら、親友とか親しい兄弟のあいだの抜き差しならない破滅的な葛藤になるか、女性をめぐって破滅的な関係になる以外にない。それは日本における近代文明あるいは近代文化、もっと個人に即していえば日本における近代的自我の形成といってもいいとおもいますが、そういうものの後進性ということと、西洋の近代における個人主義とはまるで違う個人主義だということの両方があります。それでどうしても単なる不倫小説、不倫に破れようとどうしようとそれは堂々たるものだということにはならないで、三者三様にギリギリに追いつめられていくのです。

漱石はそれをじぶんの主たる小説の主題にしていますが、別の面では漱石が日本近代文明と西欧の近代文明は何が違うのかをたいへんよく洞察して、いつでもよく見ていたことを象徴しているといえます。

芥川龍之介は漱石の晩年の弟子で文学的にいえば漱石の系譜に属します。芥川は『開化の良人』とか『開化の殺人』という作品のなかでおなじような三角関係を描きます。芥川はきわめて鋭敏な頭のいい人ですから、漱石の主題がどうしてこういうことになるのかをよく知っています。だから初めからそういうことを主題にして書いていますます。小説作品としてはもちろん漱石の作品より劣りますが、主題の取り方はあくまでもおなじです。そして芥川は、これが日本における文明開化のひとつの特質を男女関係のなかで象徴させたということがきわめてよくわかっています。半分は意識的な試みです。

小林秀雄と中原中也の三角関係

文学的系譜の頂点を漱石から芥川へとたどっていくと、そのあとにくるのは、僕の理解の仕方では小林秀雄です。小林秀雄は中原中也と長谷川泰子という女性をめぐって現実上の三角関係になります。これは小説に書いたわけではなくて、現実問題としてほんとにやってしまいます。漱石、芥川のまねをしようとおもったわけでもなんでもないのですが、その場合、やはり三角関係の条件があります。

つまり小林秀雄と中原中也は気心が知れていて、相手の精神的な内容がよくわかっている友人だということが必須の条件です。そして一人の女性をめぐってそれが起こり、三者三様自滅のほかはないというところに行きます。そのとき小林秀雄は三者三様自滅するならば一つの関係でも救う以外にないとかんがえて、一時期、長谷川泰子と同棲します。中原中也は口惜《くちお》しいというか、「口惜《くや》しい男」になって、そういう文章を書いたりします。

悔しかろうがどうであろうが、ほんとうをいうと三者三様自滅ということですが、一時期、長谷川泰子と同棲はしても長くは保たないで、小林秀雄は完全失踪します。姿をくらます場合、たいていは友だちのところにいるはずだとか、あそこに行っているはずだというので、長谷川泰子はいろいろなところを訪ねて歩きますが、小林秀雄はフラリと出たような格好をしながらも完全失踪して奈良にいます。そして結局三者三様バラバラになって終わります。このバラバラの状態をどう理解したらいいかというのは、中原中也の研究家とか小林秀雄の研究家がさまざまな研究をしているでしょうが、いずれにせよはっきりしているのは、三者三様バラバラになって、それがふたたびくっつくことはありえないということです。

それから、長谷川泰子の消息がわかって見えるあたりで中原中也がウロウロしているというか、世話を焼いたり偶然出遇ったりします。それはなぜかというと、小林秀雄が完全失踪したからです。完全失踪しなければ、三者三様自滅する以外にないということになるのです。中原中也には、それがどうってことではないんですけど、それだけ小林秀雄ほどの決断がなかったんだとおもいますが、影がチラチラ見えるというところで中原中也はある年代、終始します。

それを意味づけるのはいけないことですが、小林秀雄とか中原中也のグループが、主として第二次大戦に入る直前までの日本の近代あるいは現代のあり方をいかに洞察して、自分の文学の問題として引き受けていた人だったかということを、ある意味では象徴しています。しかし漱石や芥川みたいに作品でそれを書いて現実の体験の影をそこに宿せばそれでよかったということではすでになくて、実際にやってしまうはめになる以外にはなかったといえます。頂点をたどっていけば、それは漱石山脈の系譜で、こういう人たちは先ほど申しあげた言葉でいえば、第一級の文学作品を書ける人、あるいは書いた人だとおもいます。

つまり文学とはもとを正せばこういうものだということを、作品なり批評文のなかに実現しています。だから、さりげない作品を読んでも、これは第一級の文学者だとおもわせるところがどこかにあります。これが『三四郎』が漱石の文学作品の系譜のなかでたどった運命であり、その作品の系譜を出ていくと弟子である芥川龍之介の作品のなかにそれが受け継がれていったという系譜です。もっと現代のところに日本の近代が進んでいったときには、やはりまだ問題があって、たとえば小林秀雄を時代を代表する批評家だとかんがえれば、小林秀雄と中原中也の長谷川泰子をめぐる現実の三角関係のなかに日本の近代とか現代の弱点とか、いい点とか、特殊な点がもろに出てきてしまっているとかんがえることができます。

現在、第一級の作品はあるか

つまり、『三四郎』はいってみれば恋愛小説が悲劇にたちいたる寸前のところで止まっている作品です。漱石は次の作品からはそう安閑《あんかん》とした作品をつくろうとしてもつくれなくなってしまったといえるくらい、作品のなかでは破滅的にギリギリ追いつめていきます。それがどこで作品の外に出るかということになりますし、外へ出ていった小林秀雄と中原中也が象徴した関係が、現在になるとどう変化したか、どう変質したか、あるいはどういうふうに三角関係から多角関係になったかという問題が、現在、日本の文学が当面しているひとつの主題だと僕にはおもえます。

　これは第一級の作品だけにある文学の初源性をもっているというかたちで、それを描く作家がこれから出てくるかもしれません。しかし僕の見るところでは、現在まだそういう作家は出てきていないとかんがえるのが妥当ではないでしょうか。日本の現在の社会における男女の関係が小説の主題になりうるとすれば、この描かれ方こそ文学の初源性だ、文学とはもともとこういうものだ、そういうものをたしかに保存しているという作品が形成されるはずです。そうあったらいいなとおもいますが、僕はいまのところそういう作品は存在していないとおもいます。

　現在の日本の文学は多角的になっているけれども、この山脈をかんがえるとだいたい日本の文学の系譜をたどれるという山脈が存在しないで、拡散しています。その多角的な拡散の果てに、いい作品であるところの読み物小説との境を混合してしまっているのが現在の状態です。やがてこれがひとつの凝縮した作品として、恋愛小説として、あるいはそれ以外の現実のなかで、人間がどうなって、どうふるまっていけるのかいけないのかという問題を主題とするいい作品として結晶していく。そういう作品が出てくることを期して待つべきだというのか、まだないといったらいいのか、そういうふうにかんがえられる要因ではないかとおもいます。

系譜がたどれたり、未来がたどれるというかたちでいえば、漱石の『三四郎』はその最後の作品で、ここで楽しい意味での恋愛小説は終わってしまったということになるのかもしれません。つまりそれ以降は漱石自身からも、漱石の系譜に属する作家からも、あるいはほかの作家からも、野放図に楽しそうな青春小説はめったにあらわれることはないし、あらわれたとしたら、それはちょっとした作り物、つまり読み物というかたちでしかなくなってしまいました。

漱石自身はそういう破滅的な主題に入ったところで終わってしまったのですが、漱石が『三四郎』で一種の区切りをつけてくれた問題は、現在でも違うかたちで引きずっていて、僕らがそこで期待したり、あきらめたり、がっかりしたりということを繰り返しているといえるのではないかとおもいます。

不安な漱石

『門』
『彼岸過迄』
『行人』

『門』

典型的な場面

ここからは漱石のちょうど中期から晩期にかけての作品、『門』、『彼岸過迄』、『行人』、この三つについてお話しいたします。初めに『門』という作品から入っていきたいとおもいます。今度『門』を読み返して感じたことを最初に申しあげます。主人公宗助がじぶんの不安、動揺をなんとかなだめたいと鎌倉の禅寺へ座禅に行くクライマックスがあります。そこの描写が「門」という主題に深くつながっているわけです。宗助とお米《よね》という奥さんが、ひっそりと山の手の崖の下の借家で平穏に暮らしています。その平穏な暮らし方の描写がたいへん見事なものだなと、ことさら感じました。そこから見れば『門』という作品は、クライマックスでない点に大切さがあるということができるのではないかとおもいます。

中年までいかない壮年の宗助とお米という夫婦が、子供もなくて借家住まいをして、無事平穏にひっそりと生活しています。もしかすると大きな愛情をもっているかもしれないけど、そんなに表面に出てこないというかたちで生活している、その生活の仕方の描写が見事だとおもいます。

それからもうひとつ、その平穏な生活のなかに変化が起こるわけですが、平穏な生活と変化していく要因とがちょうどぶつかったところが『門』という作品の頂点になるのではないかとおもいます。日常生活と日常生活が波乱含みになる二重性を陰に陽に含んでいることがこの作品の特色です。波乱含みという平穏さは過去からくるのですが、過去はどうやって現在のところにやってきて、どういうところが無意味なものとして消え去ってしまい、どういうところが現在に翳をあたえることになるのか、それらがたいへんよく書き分けられているといえます。

これらのことが、この作品の眼目になっているとおもいます。典型的なその二つの場面を申しあげてみます。ひとつは『門』の冒頭の場面が、平穏無事な、ひっそりした男女の日常生活のありさまをとてもよく描いていることです。

宗助が縁側に出て座蒲団を敷いてあぐらをかいています。やがてごろりと横になって空を見上げます。奥さんのお米は縁側の障子の向こう側にいて縫い物をしています。実に悠悠閑閑とした生活で、また退屈だといえば退屈な生活ですが、そこで会話が交わされます。

お米が、そんなごろっとしているなら、ちょっと散歩にでも行ってきたらどうですかといいます。宗助のほうは生返事をして、奥方に、おまえ「近来《きんらい》」のキンという字をどう書くか知っているか、といいます。そうすると、それは「近江《おうみ》」という地名のオウという字でしょうという。その近江のオウの字がわからないんだと宗助がいうと、細君が障子を開けて物差しで「近」という字を書いてみせる、そういう場面です。

おまえはそういうことがないかな、じぶんはしばしば、いままでちゃんと覚えている字が、なんか突然わからなくなることがあるんだ、おれだけかなあというような、そういう場面があります。そういう場面が典型的に二人の日常生活の描写だとおもいます。その手のエピソードをいくつか積み重ねて並べてあって、それが宗助とお米の日常生活の描写になっています。その描写が実にうまいのです。

つまり、どこにも読者の興味を引く場面もなければ、宗助とお米がことさら何かに興味をおぼえるということもない、そういう平坦な生活の一コマ一コマの描写ですが、それをつなげていくと読ませられてしまうといいましょうか、それだけでたいへん見事な描写になっているというのが、今度はことさら感じられました。漱石の作品のなかで、この『門』が前からいちばん好きな作品です。いちばんいい作品だとはけっしておもいませんけれど、いちばん好きな作品です。どうして好きなんだろうかということをかんがえてみました。それはひとつは、いまいったような日常の一コマで、ちっとも興味深い場面でもない夫婦の生活の場面の重なりですが、それが実に見事だということが大きいんだなと感じました。

ひっそりとした生活と変化の要因

それからもうひとついってみますと、ここで表現されているひっそりさということが好きなんだとおもいました。このひっそりさは、どこからくるのかということは、あとで変化の要因が出てくると説明しやすいのですが、とにかく何かからひっそりした雰囲気が伝わってくるのです。宗助は役所に勤めている下っ端の職員で、毎日出かけて働いて、また帰ってくるということを繰り返しているだけです。それからお米さんという奥方は、漱石がある意味で理想的な女性の類型として描いているのですけど、実にいいなあとおもわせる雰囲気をもっています。そういうことがきっと、好ましいという大きな要因なんだなと、今度改めてそうかんがえさせられました。

この宗助とお米の生活で、もうひとつ特色を申しあげれば、二人のひっそりとした日常生活が、季節感ととても関係がある描写をしていることです。これは漱石自身が好きだということもあるでしょうけど、季節感と、日常牛活の移りゆきと、そのなかに入ってくる変化の仕方が、とても関係深く描かれています。

まず、そういうおっとりした静かな生活のなかに変化が紛れてくることになります。それは過去にあった要因が現在にやってくる仕方のひとつのかたちですが、漱石はとてもよく描ききっているといえましょう。それもまた、いい作品だなとおもわせる大きな理由です。

ひとつは何かというと、宗助に高等学校の学生の弟がいて、叔父の家に引き取られて学校へ通っていますが、その叔父さんが死んだあと、叔母さんと叔母さんの息子が小六というその弟を同居させていることがだんだん経済的にきつく、億劫になって、宗助が引き取ることになります。そういう変化の感じが小六の口を通じて、二人の無事平穏な生活のなかにやってくるわけです。この変化の感じもまたひっそりとやってきます。

宗助にとっては、父親が亡くなった時、家財とか家屋敷の処分をその叔父に任せて、処分したお金で叔父がそのなかから小六の学費を出すという約束が危うくなります。叔父が亡くなっても、小六の学費はまだあるはずだから、当然、叔母さんと息子が小六を学校にやってくれるとおもっているわけです。それがそうはいかなくなってきたのです。弟を同居させて、学校へ出してやるだけの資力は、役所勤めの下っ端の職員であるじぶんにはないとかんがえると、どうすべきかということが、叔母の家との交渉の課題になってやってくるわけです。宗助は積極的でないから、いつか行って交渉しなくてはと、一日延ばしに延ばしています。それが、無事平穏な生活のなかに入ってくる変化の要因のひとつです。そういう要因がいくつかあります。

もうひとつは、偶然ある時、じぶんの借家の崖の上に家主の家があるわけですが、その家主の家に泥棒が入って、黒塗りの蒔絵の手文庫を崖の下に落としたまま行ってしまう。それが宗助の借家の庭に落ちてきて、書類などが散らばっている。どうしたんだろうとかんがえて、家主の家に泥棒が入ったのではないか、返しにいかなくてはいけないということになって、家主との交渉が始まるのです。それまでは、家賃を払う時、雇っている老婆にもっていかせるぐらいの交渉しかなかったのに、落ちていた蒔絵の手文庫をじぶんがもって、初めて家主の家へ行く。そして、いままでよりも親密になります。

ところで、叔母のところに宗助が行くと、小六のための学費に充てる金はもうなくなっていて困っている、引き取ってもらいたいというのを聞いて帰ってきます。その時、父親の形見の抱一《ほういつ》の屛風絵が、叔母の家にあって、これはもって行っていいよ、といわれます。それを古道具屋に売って着物を買うお金などに充てようとするのですが、とても安い値段しかつけてくれないので躊躇します。でもその屏風絵を売ってしまいます。ところが偶然、坂井という家主の家に行くと出して見せてくれる屏風絵が、よく見せてもらうと、じぶんが売った屏風絵なのです。どのくらいのお金で買われたのかと聞くと、じぶんが売った金の二、三倍の値段です。

そういうことから、小六の学費の問題と、叔母の家から引き取るか引き取らないかという問題と、それから坂井という家主とのあいだの親密さの問題とが、だんだんにじり寄るようにひとつの変化をかもし出そうとすることになっていきます。その接続、つまり日常の平穏な二人の生活のなかに入ってくる波乱が、いろいろな要因を少しずつとりながら、だんだんひとつの変化になっていくようにこしらえられている作品の構成の仕方は、実に見事なものだとおもいます。

漱石の作品には、作者である漱石自身と等身大の主人公はなかなか出てきません。漱石のなかの、病的な一部分とか、知識的な一部分とかに凝縮されたかたちでは出てきますが、等身大ではなかなか出てこないのです。この宗助という主人公の描き方を、好きだと先ほどいいましたが、とてもしっとりした雰囲気を珍しく出しています。その要因は何かというと、宗助をじぶんよりもちょっとだけ下げてといいますか、下のほうに置いて、しかもその一部分を取り出すのではなくて、全面的に出してくるかたちで、漱石自身に一種ゆとりのようなものがあって、それが、この『門』という作品の雰囲気をつくっているのだとおもいます。なぜこういう雰囲気ができたのかなとかんがえると、どうしてもそういうところに行きつきます。

それからもうひとつ、この作品のなかにやってくる過去からの変化は、漱石の独壇場で、まことに漱石らしい世界です。『門』の前の『それから』から始まって、『こころ』にいたるまで終始一貫存在している、一人の女性をめぐる親友同士とか兄弟同士の三角関係といいますか、恋愛の葛藤、そういう漱石の固執した主題がここでもあらわれてきます。それが変化の主題です。それはいずれにせよ、漱石の貫徹している主題ですが、この作品の雰囲気をつくっているのは、そうではなくて、ややゆとりをもって、全面的に宗助とお米夫婦の日常生活を細かく丁寧に描いているところだとおもいます。

理想の日常生活

なぜこの作品の雰囲気がこれだけ温和でしっとりして、しかもとても細かくデリケートなところまで描かれているのかということがあります。

お米は宗助が役所に行く時間になると、起こしにきますが、その起こし方はいつも決まっているのです。判で押したようにおなじ言い方をして、宗助を起こすのです。そこの描写で、お米さんがとてもいいなあとおもえるところを読んでみましょう。

平常《いつも》は好い時分に御米がやって来て、

「もう起きてもよくってよ」と云うのが例であった。日曜とたまの旗日《はたび》には、それが、

「さあもう起きてちょうだい」に変るだけであった。しかし今日は昨夕《ゆうべ》の事が何となく気にかかるので、御米の迎《むかえ》に来ないうち宗助は床を離れた。そうして直《すぐ》崖下の雨戸を繰った。

次は宗助が勤めの帰りに珍しく、どこかで飲んで帰って遅くなった時です。

火鉢には小さな鍋が掛けてあって、その蓋の隙間から湯気が立っていた。火鉢の傍《わき》には彼の常に坐る所に、いつもの座蒲団を敷いて、その前にちゃんと膳立がしてあった。

宗助は糸底を上にしてわざと伏せた自分の茶碗と、この二三年来朝晩使い慣れ

た木の箸を眺めて、

「もう飯は食わないよ」と云った。御米は多少不本意らしい風もした。

「おやそう。余《あん》り遅いから、おおかたどこかで召上がったろうとは思ったけれど、もしまだだといけないから」と云いながら、布巾で鍋の耳を撮《つま》んで、土瓶敷の上におろした。それから清《きよ》を呼んで膳を台所へ退げさした。


それから、これはもっとあとで変化の頂点のところですけど、宗助が役所には病気で少し休ませてくれといって、お米には、神経の調子が悪いから少し旅行して休んでこようとおもうんだよというところです。


「遊びに行くって、どこへいらっしゃるの」と眼を丸くしないばかりに聞いた。

「やっぱり鎌倉辺が好《よ》かろうと思っている」と宗助は落ちついて答えた。地味な宗助とハイカラな鎌倉とはほとんど縁の遠いものであった。突然二つのものを結びつけるのは滑稽であった。御米も微笑を禁じ得なかった。

「まあ御金持ね。私もいっしょに連れてってちょうだい」と云った。宗助は愛すべき細君のこの冗談を味わう余裕を有《も》たなかった。真面目な顔をして、

「そんな贅沢な所へ行くんじゃないよ。禅寺へ留めて貰って、一週間か十日、ただ静かに頭を休めて見るだけの事さ。それもはたして好くなるか、ならないか分らないが、空気のいい所へ行くと、頭には大変違うと皆《みんな》云うから」と弁解した。

「そりゃ違いますわ。だから行っていらっしゃいとも。今のは本当の冗談よ」

御米は善良な夫に調戯《からか》ったのを、多少済まないように感じた。宗助はその翌日《あくるひ》すぐ貰って置いた紹介状を懐にして、新橋から汽車に乗ったのである。

こういうのは、僕らの夫婦の日常生活のイメージからいうと、たいへんいいなあとおもってしまうわけです。

宗助のほうのほんとの理由はこうなのです。変化のクライマックスなのですが、ある時、坂井という家主のところへ行って、四方山《よもやま》話の末に、満洲に行って蒙古あたりに流れている弟がいま東京に来ている、もしかすると数日中に来るかもしれないと家主がいいだします。友達を一人連れてくるんですよ、その友達は安井と申しましてねというのです。それで宗助はもう青ざめてしまうのです。

安井というのは学生時代の親友で、お米はその人と一緒にいた人で、それを奪ってしまった。安井は学校を辞めて満洲へ放浪していくことになってしまう。じぶんとお米は世間から隠れるようにひっそりと生活することになっていく、その契機になった安井という名前をそこで聞くのです。それで、家に帰っても口もきけないくらい青ざめてしまった。奥さんが、何かあったの？　というけれど、いや、というだけで何もいわないけど、動揺いちじるしい。酔っぱらって帰ってきたり、夜遅く帰ってきたり、それでもお米さんには、どうなったのかということは何もいわない。

もし安井が崖の上に住む大家さんの家へやってきて何日かでもいることになったら、じぶんはしゃにむにここを引っ越してしまおうかとか、どうしたらいいかわからないということで、不安と動揺が激しいのです。それで鎌倉の禅寺へ精神の不安をなだめるために座禅を組みにいこうという、たいへん大まじめというか、真剣な煮詰まった状態なんですが、奥さんにはそれをいいません。ただ、鎌倉へ頭を休めに行くんだ、くらいのことをいう問答なのですが、それにたいして、どういうことなのとか、そういうことはいっさい聞かないで、そんなら行ってらっしゃい、とすぐにいってしまう奥さんなのです。

こういうのは漱石が描きたかった理想の日常性でしょうけど、たいてい、にっちもさっちもいかないところまで詮索されて追い詰められてしまうのがふつうです。このお米さんはそういうことはいっさいいなくて、それで容認して、冗談をいっても、それは冗談なんだから行ってらっしゃいといって、なんの疑いもはさまないで行かせてくれます。こんないいことはないのです。これはたぶん、漱石の理想とした女性のひとつのタイプですし、理想とした日常生活だったとおもいます。また、このお米さんの役割は影のようにしか描かれていないのですが、実に見事に、影が逆に鮮明なイメージになって出てくるように描かれています。

ためらうということ

そんなふうに日常生活に出てきた変化は、ひとつにはそこでクライマックスをつくり、宗助はとても動揺して、動揺をなんとかして静めに行こうとします。

もうひとつは、いいこともあって、家主との話のあいだに同時に弟も話題に出て、それでは弟さんに書生として来てもらってもいいですよ、ということになります。では大家さんのところに寄宿して、そこから学校へ行って、学費はじぶんと叔母の家が分担して出せば、それは解決するということで、とてもいい知らせになりますが、同時に極端に不安、動揺をきたすことになっていくのです。それがなければ漱石の主な作品は成り立たないといってもいいくらいなのです。

この場合、宗助が、大家のところに行ったら、大家の弟が満洲浪人で東京へ来ていて、友達を連れて訪ねてくるといっている、その友達が実は安井なんだよ、とお米にいってしまえば、それで終わりじゃないかとおもわれます。つまり、そういえたら三角関係も何も生じないのです。

たとえば『こころ』でもおなじで、じぶんとKという親友が下宿している家の娘さんを両方一緒に好きになって、Kから、じぶんはあの娘さんが好きなんだと打ち明けられる。その時、おれも好きなんだ、しょうがないから二人で一緒にどちらを選ぶか聞こうじゃないかといってしまえば、もうそれは小説にはならない、つまり漱石の主たる小説の主題は成り立たなくなるのです。だけど、その場合でもおなじで、Kにじぶんの気持ちはいえない。それでKを出し抜いたかたちになって、下宿の奥さんに、娘さんが好きだからじぶんの嫁さんにくださいといって、奥さんと娘さんの承諾を先に得てしまう。それをKが知ったことを契機にして自殺してしまうということになっていきます。ずっとあとですけど、明治天皇が死んで明治が終わり、乃木大将が殉死したおなじ時期に、『こころ』の主人公もまた自殺してしまう。つまり、生涯それを罪として背負うことになっていく。漱石の三角関係の無類の世界はそういう時に、なぜいえないか、おれも好きだから、どっちになびくか競争だといってしまえば、もうお終い、作品にはならないということになります。

漱石の知識人像が『浮雲』の二葉亭とここで微妙に違っています。二葉亭では、世俗の判断に押しまくられて、おどおどと縮こまって、俗世間の利害の外に疎外されていくのが、典型的な日本の知識人像です。漱石の描いた知識人像は、たまたま世俗の利益で勝者になってゆくのですが、そのために親しい友人に無意識のトリックをつかってしまったことに悩む知識人像です。

『門』の場合も、家主の家に安井が家主の弟と一緒に訪ねてくるということを、じぶんだけ青ざめないで、いってしまえば、この作品は成り立たないのです。お米が、来てもいいじゃないか、何か起こったら起こったでいいじゃないかというか、あるいは、宗助がかんがえたように、来る前にここを引っ越してしまいましょうというか、どちらかわかりませんが、それでその問題は解けてしまうわけですが、宗助はお米にいうことができません。いうことができないということは、一種の契機というかチャンスであって、これをある瞬間にいえなかったらもうずっといえないということになって、ずっとじぶんが抱え込んでいくことになるのだとおもいます。これは『こころ』の場合でも『門』の場合でもおなじです。漱石はいえないという性格を主人公にあたえつづけることで、主な作品を成り立たせているということができます。

これがとても問題です。ここでためらうのは一体なんなんだということです。ためらいというのは、もちろんだれにでもあるとおもいます。どこから見ても明朗闊達、スポーツマンというような人だったら、なんだ、おれも好きなんだとか、家主の弟と一緒に安井が来るんだってよ、といって、それで済んでしまうでしょうけど、漱石の主人公はそれができない。それでどうなるかというと、『門』の場合には、動揺をおさめるために禅寺へ行って座禅をして解決しようとかんがえます。それから『こころ』の場合には、長い年月それを背負いこんで、究極的にいえば自殺してしまうところまでもっていってしまいます。

こんなことがありうるかというと、僕はありうるとおもいます。それから、こんなばかばかしいことはありえないという観点からいえば、すぐその時いってしまえば済んでしまうということになるとおもいます。つまり、そういう場合だれもがもっているのは、その中間のところをじぶんの心としてもっているわけで、なかなかいえないという要素をだれでもどこかにもっているかもしれません。

では、漱石の小説の主人公たちは、なぜためらいというのが極端なかたちで出てくるのかというと、もちろん、漱石の資質のなかにそれがあるからだということになります。漱石の資質のなかにあるためらわせる要素とはなんなんだろうとかんがえます。それは漱石の倫理に行きつく内向性といいますか、漱石が自身をどうかんがえているかということと、他人が漱石をどうかんがえているかということとのあいだに著しいギャップがあり、漱石にある倫理観の過剰性を意味するとおもいます。じぶんの内面にどんどん入っていくと、外とのギャップがたいへん著しくなってしまう、そういう資質を漱石がもっていることです。他人が漱石を偉大な大知識人で、俗世間でもそれを発揮している人物だ、と評価しているちょうどその地点で、漱石自身はじぶんを小さな虚偽を他人にたいして犯しつづけたじぶんだと内攻してしまうのです。けれど日本の近代知識人の像は、『こころ』や『浮雲』に描かれた典型を、現在でも脱出することができていないことは、漱石や二葉亭がいかに偉大な作家かを物語っています。

この資質に漱石はさんざん悩まされました。それで作品の主人公にそういう資質をあたえずにはおられないということになっていった、それが順序としていえば順序だとおもいます。では、そういう資質とはなんなのか、ということになりましょう。

人はさまざまな解釈をするでしょうが、自由な解釈をとれば、漱石の考え方とかふるまい方のなかで、無意識というものが規定している要素がたいへん大きいといえるとおもいます。意識に近いところの前意識は、内省すればちゃんと意識に上ってきます。そうするとふるまい方も、対処の仕方もわかります。しかし、じぶんのふるまいのなかで、どうしてそうふるまったのかが、じぶんでもわからないという要素が人間にあるとすれば、それがいちばん核のところにしまい込まれている無意識です。漱石の資質はそこだとおもいます。

漱石の無意識の核

つまり、漱石の無意識の核のところにたいへん大きな牽引力があって、それが漱石の意識的行動とか、意識的思考方法をたえず引っ張っている。漱石自身も半ば気づくこともあるし、気づかないこともあるということに終始しただろうとおもわれます。それをもし病気とかんがえますと、その病気は、お医者さんがパラノイアといっているものに近いとおもいます。漱石は、ある時はパラノイアといったほうがいい場面を、日常生活でもしばしば演じています。『行人』という作品を取りあげてみますと、一郎という兄と二郎という弟が、一郎の奥さんをめぐって一郎が三角関係の妄想をもつというのがモチーフですが、その妄想は、どうして存在するかといえば、漱石の資質のなかに病的な要素としてパラノイアがあるからだとおもいます。

パラノイアにはたくさんの特徴があります。ほとんど全部の精神の病いのなかにパラノイアの要素が入っていますが、なにを特徴とするかというと、ひとつは、親友とか兄弟とか、ごく親しい者同士のあいだで愛憎がきわめて深刻化していく。親しければ親しいほど、妄想のなかではじぶんに敵対したり、じぶんを追い詰める者とおもわれてくるということです。もうひとつの特徴は、一種の同性愛的な要素です。たぶん、漱石には資質としてその二つの傾向がはっきりあったとおもわれます。それが、親友同士とか兄弟が一人の女性をめぐって葛藤を演ずる、三角関係を演ずる、そういう作品に漱石が固執した大きな理由だとおもいます。また芥川が解釈したところでは、「後進社会の開化」がはらむ文明史的なギャップの大きさです。

それを病気だとみなせば、少なくとも身近な関係にある他人からは意識の病気だとわかるわけです。たとえば奥さんや周囲の者がそう判断すれば、漱石自身も、私は周囲から神経衰弱きわまって気が違ったといわれていると書いています。そのように他人が判断していれば、そういう判断はじぶんでも思い当たるということで、意識に上ってきます。そうではなくて、病気だというところまで他人にわからないかたちでの資質のあらわれ方だと、やはりじぶんでも認めない。だけどじぶんはひとりでにそうなっている。そういう無意識の要素の核にある大きい力が漱石の行動とか考えを、たえず強力に引っ張っていた、そうかんがえれば、なんとなく納得がゆくようにおもわれます。

『門』の宗助はけっして異常ではありません。なぜそのとき奥方に安井があらわれるかもしれないことを告げないで悩む主人公を設定したのか、たぶん病的ではないところで、漱石の（この場合、宗助といってもいいのですが）資質を引っ張っている強力な無意識のせいだとおもいます。芥川はそれを後進地域の「開化」が生みだした内向性の知的な過敏さのあらわれと解したわけです。徐々にやってきたいろいろな変化と、宗助とお米の日常の無事平穏な、この広い世間で二人だけが味方で、じぶんたちは世間からうとまれているんだけど二人だけでひっそりした愛情をもち合うようにやってきた生活とがぶつかって、『門』という作品のクライマックスを出現させるのです。そしてその背後に後進地域の文明開化が知識にあたえている典型があることを芥川は洞察したとおもいます。

宗助が鎌倉の禅寺へ行って、紹介されたとおりに泊り込んで、座禅をします。それで和尚さんから公案が出ます。父母未生《みしよう》以前の本来の面目はなんだ、という公案をかんがえてみなさいといわれて、それをかんがえるために坐ります。いろいろかんがえるけど、なかなかわからない。「父母未生以前の本来の面目如何」ということは、要するに父親も母親もいない以前のおまえはどういう姿だったんだということだとおもいます。宗助はその禅寺で一生懸命その公案をかんがえて、かんがえてはじぶんの考えをもって和尚さんのところへ行って、披瀝するのですが、ぜんぜん問題にならない。そんなことは少し知識があれば、だれだっていえることだと撥ねられてまた返されてしまう。それでまたその公案をかんがえつづける。紹介された若い坊さんに、辛抱して公案ばかりかんがえて、頭の先から足の先までぜんぶ公案だけで満たされるようになるまで考えを集中すると解けることがあるものですよ、と親切にいわれます。それでまたかんがえるのですが、とうとう期日がくるまで何も解けないで、そのまま帰ってきます。

その場面もお米さんのとてもいいところだとおもいます。宗助は、前に、休息に行くんだといって出た時より、なおさら頬はこけて髭ぼうぼうで憔悴して帰ってきます。お米さんは、何かかえってやつれたみたいだとおもいますが、わざと快活に、お風呂に行ってきてとだけいって、そこは済んでしまいます。宗助は何も解決しないで帰ってきたのです。

お米さんにそれとなく家主から何かいってこないかい、と聞いたりする。いや、何もいってきませんということで、それではじぶんでたしかめようとおもって家主のところに行きます。四方山話のはてに、弟さんたちはやって来ましたかとなにげなく触れると、いや、弟たちは満洲ずれしちゃって、こんなせせこましい都会の空気はいやだろうといったら、もう帰ってしまいましたよといいます。じゃ、お友達も一緒ですかと尋ねると、そう、一緒に帰ってしまいましたよ、といいます。それで宗助は安堵するのです。安心するといいますか、おもい悩んで座禅を組みに行ったことがいっぺんで空気が抜けたように解消してしまいます。かんがえつめたあげくに問題を乗り越えたというのではなくて、偶然がそれを解決してくれたみたいなかたちで、その問題が解けてしまうのです。これも、漱石のとてもいい解き方のようにおもいます。

偶然を重くみる

漱石は偶然ということに、ある重さをいつでもかけている人です。漱石の思想のなかには偶然をとても重くみるという考え方があります。この場合も、宗助が苦労して、悩んで解決したというよりも、せっかく座禅までしたけど、何も解決しないで帰ってきて、しかも偶然が安井を遠ざけてしまったということで解けてしまいます。それはとてもいいとおもいます。自然はしばしばそんな偶然で人間関係の行き詰まりを外らしてくれます。偶然をあまり使いすぎれば、作意された物語になってしまいます。漱石の使う偶然は、ちょうど自然がもたらす偶然なところに留まっています。偶然をあまり排除すれば、逆な意味で虚偽になってしまいましょう。漱石は自然のもたらす偶然の速度で詰めています。これは漱石の思想となって、宗助も、追ってきた読者も同時に息をします。そこをもっと追い詰めて、何か偶然ではないものでその作品のクライマックスを解こうともしかんがえたら、あまりいい作品にならなかったかもしれません。ここでは偶然がそれを解いてしまったというかたちで作品のクライマックスを超えていきます。

日常生活のなかでもしばしば、偶然がいろんな問題を解いてしまうということは、だれでも体験することです。優れた作品のなかにも、しばしばあります。優れた作品には二つあって、必然が解決した、つまり、この場合、宗助がおもい悩んで、座禅によって一種の超越的な心境になってこの問題を解いたというような解き方も、ひとつの優れた文学になりうる要素でしょう。しかし、もうひとつの要素は、日常生活でしばしばおこるように、偶然が主人公たちの物語を解いてしまった、その偶然の要素が作品のなかで大きな役割を演ずるということが、いい作品のひとつの特徴だとおもいます。

ドストエフスキーの『罪と罰』やトルストイの『戦争と平和』のような大作品でもそうです。しばしば偶然が危ないところを、するりするり解いてしまうという筋立てになっています。あまり偶然に頼りすぎたり、偶然を意図しすぎれば、よく読み物小説などにたくさんありますが、作品をだめにしてしまう要素にもなります。

でも、この場合、偶然の要素が宗助の悩みを解いてしまうのは、とてもいい解決のさせ方だとわかります。宗助はちょうど役所で人員整理があって、もしかするとじぶんも整理されるかもしれないとかんがえていたのですが、整理されないですむ。そして少し日にちがたって、宗助の給料が少し上がります。これもまた偶然ですが、偶然の積み重なりなのです。偶然が宗助の悩みを解いたあとで、今度は役所の人員整理にじぶんが無事ひっかからないで、また毎日勤めることができるようになる。また多少給料も上がるというふうに、偶然が解決し、次にまた偶然がそういう徴候を解決していく、そのように描かれています。

もうひとつの偶然は、季節の演ずる偶然です。そうしているうちに冬が過ぎて、空が春めいてきたというように作品のなかで描かれています。つまり、季節の偶然がまたそこに積み重なっていくのです。この春めいてきたということが、またじぶんたちの気持ちを少しずつ軽くさせるし、どうせ希望なんかもっている生活とはおもっていないのですけど、それにしても何か少しずつ希望の光みたいなものが見えてくる、そのなかには季節というのが大きな役割を演じているということが、この作品を締めくくるのです。

その最後の、季節が締めくくるところを見てみます。宗助の給料が上がった翌日、

宗助はわが膳の上に頭つきの魚《うお》の、尾を皿の外に躍らす態《さま》を眺めた。小豆の色に染まった飯の香を嗅いだ。御米はわざわざ清をやって、坂井の家に引き移った小六を招いた。小六は、

「やあ御馳走だなあ」と云って勝手から入って来た。

そこの季節の描写を申しあげてみますと、

　小康はかくして事を好まない夫婦の上に落ちた。ある日曜の午《ひる》宗助は久しぶりに、四日目の垢を流すため横町の洗湯《せんとう》に行ったら、五十許りの頭を剃った男と、三十代の商人《あきんど》らしい男が、ようやく春らしくなったと云って、時候の挨拶を取り換わしていた。若い方が、今朝始めて鶯の鳴声を聞いたと話すと、坊さんの方が、私は二三日前にも一度聞いた事があると答えていた。

「まだ鳴きはじめだから下手だね」

「ええ、まだ充分に舌が回りません」

　宗助は家《うち》へ帰って御米に、この鶯の問答を繰り返して聞かせた。御米は障子の硝子に映る麗かな日影をすかして見て、

「本当にありがたいわね。ようやくの事春になって」と云って、晴れ晴れしい眉を張った。宗助は縁に出て長く延びた爪を剪《き》りながら、

「うん、しかしまたじき冬になるよ」と答えて、下を向いたまま鋏を動かしてい

た。

なんとなく光が希望の徴候のように見えてきたというところで、この作品を終えるわけですが、漱石ですから、ようやく春になっていいわね、というところでやめるわけにいかない、やめるほど単純ではないので、またすぐ冬がくるよと答えて下を向いたまま鋏を動かしていたというところで、『門』という作品が終わります。

暗い漱石と国民作家漱石

『門』という作品は、その前の『それから』の後日談と読むこともできますし、また、それとはちょっと違う。何が違うかというと、『それから』では、漱石は自分の資質の一部分を拡大して代助という人物にあたえています。代助はお金持で、また親たちも事業家であって、そこから月々お金をもらって、悠々と遊んで生活している。いわゆる高等遊民として遊んでいられる身分を『それから』の代助には設定しています。宗助の場合は役所に勤める下級の職員で、なんとなく罪を背負いながら、ひっそりと奥方と借家に住まって過ごしている。将来に別に希望をもっているわけでもなく、いまが希望といえば希望なだけだという、じぶんの等身大より少し下のほうに人物を設定していいます。しかも一部分をとってきてそこを広げるというのではなくて、全面的にそういう人物をフィクションとして描いているというところがまるで違います。だから、後日談とかんがえることもないわけで、これはこれなりにたいへん見事な作品です。見事なという意味は、晩年の『こころ』にもつながりますし、それから逆に『道草』のような一種の家庭小説、家庭的な自伝小説にもつながっていく要素がありま す。『明暗』はどうなるかわかりませんけど、『明暗』にもつながっていく要素とか、すべてこの『門』という作品が部分的に備えているといえます。

つまり、初めて漱石が日常生活のなかで、たしかにありうべき人物を描いたということができます。ありえないのは三角関係の描き方であって、それはたぶん漱石の深い資質に関係があるのだと僕はおもいます。それはほかに材料がないからということではなくて、漱石の資質としてはとても大問題なのだというふうに、僕にはおもえます。つまり暗い漱石というのと、国民作家漱石というのと、両方あります。『坊っちゃん』のような小説を書く漱石もありますし、国民作家漱石というのと、暗い気違いじみた漱石というのと両方あるとすれば、その両方の要素をひとつの作品のなかにたいへんよく融合した、そういう作品がこの『門』という作品だとおもいます。

『彼岸過迄』

魂の探偵小説

『門』を書いたあとで『彼《ひ》岸《がん》過《すぎ》迄《まで》』という作品にとりかかります。『彼岸過迄』の途中でもそうですが、その前にも漱石は病気になって、休養します。それで義務づけられた新聞の連載小説『彼岸過迄』を、病気が治った時に書き出します。『彼岸過迄』というのは、意味ありげな表題ですけど、漱石がじぶんで書いているところによれば、これはべつだん意味がない。元日から始めて、彼岸過ぎごろには作品を終わらせようとおもっているので、あてずっぽうに『彼岸過迄』という題をつけたといっています。

それからもうひとつ、延び延びになって読者に少し悪いことをしたから、おもしろい小説を書いてみたい、といっています。そのおもしろいということがたぶん、『彼岸過迄』の内容をなすだろうとおもいます。人さまざまですから、どういう読み方もできます。おもしろい読み方もできますし、おもしろくない大まじめな読み方もできます。いろいろな要素があるとおもいます。ここでは、おもしろい作品を書かなくてはと、漱石がいった意味を生かして読もうとかんがえます。これは漱石が書いた唯一の推理小説、探偵小説だと解釈できるとおもいます。つまり、途中で、そうはいかなくなっていくところもありますが、基調となったのは、探偵小説をひとつ書いてやろう、おもしろく書いてやろうとかんがえたかもしれません。そんなふうにもかんがえられます。

漱石の小説は初期の作品を除いてぜんぶ探偵小説だ、推理小説だといえばいえましょう。小林秀雄がドストエフスキーの『罪と罰』は魂の探偵小説なんだという言い方をしています。漱石の作品もドストエフスキーとは異質ですが、魂の探偵小説だといえば、初期を除いて全部そういうことになるだろうという感じがします。しかし、『彼岸過迄』はそういう意味とは違って、ほんとうのおもしろいという意味での推理小説だといえるとおもいます。主人公たちを次々に替え、替えた主人公たちの独白みたいなかたちの構成をとりながら、全体を統一する、そういうこともひとつの工夫として漱石はやっています。

そこで推理小説、あるいは探偵小説たるゆえんを申しあげてみます。学校を出たてで職を探しながらふらふらしている、ロマンチックなこととか空想とか、夢みたいなことが好きな敬太郎という青年がいます。その親友で須永という、学校をおなじように出ているけど、こちらはお金持の未亡人の母親と二人で生活していて、べつだんあくせく就職しなくてもいい、そういう友達がいるというところで始まりになります。ある意味で敬太郎の話と須永の話でこの作品は終始しているといってもいいのです。まず敬太郎の話が最初にやってきます。学校を出たてで職を探して、夢みたいなことばかりいったりかんがえたり、関心をもったりしている、その敬太郎というのは何者なのかというところから申しあげてみます。

何者なのかということは、漱石がどのように設定しているかということです。敬太郎とは何者なのでしょうか。第一に、いまいいましたように敬太郎というのはロマンチックで、夢みたいなことばかりかんがえています。ある時、四方山話をしていて、須永に、そんなことをいうけど、もし食べるとか食べないとかいう生活問題を抜きにしたら、おまえは何をやってみたいんだと聞かれます。敬太郎はそれにたいして、じぶんは探偵とか推理とか、そういうことが好きだから、警視庁へ勤めて探偵になってみたい、と答えるところがあります。ただ、探偵とかは興味深いとおもっているけど、ほんとうをいえばそういうのはやりたくないともおもっています。なぜかといえば、探偵というのは人の裏を一生懸命探って、いずれにせよその人を引っ繰り返すことが仕事だ。おれはそういうふうにしたい意志はない。ただ、ものごとを探偵したりするのは好きなんだ。どこが好きかといったら、人間の心の異常さがもっているメカニズムというか、からくりを人間は裏のほうで回転させている。そういう人間の心というものにたいへん関心をもっていて、それを探ってみたいというのがじぶんの関心だと、敬太郎はいいます。

また、漱石の推理小説としての工夫があります。敬太郎のいる下宿に、得体のしれないことをやっていて、いまは新橋の停車場へ勤めている森本という人物がいます。その森本が下宿代を六か月分ぐらいためたままトンズラしてしまいます。下宿の親父さんから、おまえはよくつきあっていたから、どこへ行ったか知っているだろう、知っていたら教えてくれといわれますが、ぜんぜん知らないんです。そのうち、その人物から無記名で手紙がきて、いまじぶんは大連で結構やっている、いつかおもしろいとおもったら大連にきてくれと書いてあります。

そのなかに、じぶんはステッキをいつもっていて、それを下宿に置いてきた、よかったらあれをあんたにあげるから使ってくれ、と書いてあります。そのステッキの手をかけるところは卵のようなものを半分くわえているヘビの頭になっている。敬太郎は、そのステッキをじぶんがもっていると、何か神秘的なこととか、異常なこととかが起こるような思い込みをします。そういう感じでステッキを出歩く時にもっていく。敬太郎がステッキをもっている時ともっていない時というのが、この作品では狂言回しの役割をすることになります。

　敬太郎の探偵趣味というか、ロマンチックで夢みたいなことばかりかんがえていることを物語るもうひとつのエピソードが、描かれています。それは占いということです。占いにとても関心をもっている敬太郎の資質をあらわす場面が描かれています。それはどこからきたかというと、敬太郎の父親がやはり占い好きで、占いに凝った男なのです。敬太郎がまだ小学生の時、日曜日に父親がくわを担いで庭へ飛びおりて、敬太郎に、時計がちょうど十二時になったら合図してくれ、そしたらじぶんが庭の乾《いぬい》の方向にある梅の木の根っこを掘り返しはじめるからと父親がいう。十二時になって、それを知らせると、父親がくわで梅の木の根っこを掘り返します。その時、敬太郎は小学生ですが、うちの親父はちょっと占いに凝りすぎているとおもいます。ただとても抜けているともおもいます。つまりじぶんの家の時計は、ほんとうの時間と二十分も違っている。もし十二時になって梅の木の根っこを掘り返すといいことがあるというのだったら、時計から合わせていかなければならないはずだ、そのことはぜんぜん気にしないで、十二時だといったら、さっそく飛んで行って梅の木を掘り返した、それはおかしいとおもいます。

しかし、それから少したって何かの帰りに堤を通っていると、繋いであった馬に蹴飛ばされて堤から下へ落ちてしまった。落ちたけど、どこも怪我をしなかった。そうすると、お祖母《ばあ》さんに、それはお地蔵さまのおかげで怪我をしなかったんだといわれて、首の欠けたお地蔵さまを見せられる。敬太郎は子供心に、そういうことはあるのかという感じに襲われてきます。

敬太郎のロマンチックな探偵好きということの起こりがどこにあったかといえば、そこだということも作品に描かれています。敬太郎の資質のなかに、そういう神秘めいたこととかロマンティックなことが、頭のなかに霞とか雲のように占めている、そういうことがいつでもある、そんなことが、敬太郎の資質として漱石が設定しているところです。

挿話

敬太郎というのはそういう変なやつだけど、職を探しているからお願いしますと、紹介を頼まれていた須永が事業家でいくつもの会社に関係している叔父さんに頼みます。

ある時、その叔父さんから敬太郎に手紙がきて、就職するについてひとつ課題がある。今日の夕方、四時から五時の間に小川町《おがわまち》の停留所で、三田《みた》方面から来る電車から、中折れ帽をかぶり、霜降りの外套を着た、眉と眉のあいだにホクロがある四十がらみの男が降りてくるはずだ。その男が、それから二時間の間に何をするかを探偵して、報告してくれと手紙には書いてあります。

それで敬太郎は、小川町の停留所へ行ってうろうろして見ています。そのうちホクロは見えませんが、中折れ帽をかぶって、霜降りの外套を着た四十がらみの男が降りてきます。あれだとおもっていると、そこにいた若い女性と二人で停留所のところでちょっと立話していたかとおもうと、どこかへ歩いて出かけていきます。敬太郎がそのあとを追いかけていくと二人はレストランに入っていく。敬太郎もレストランに入ってそばの席で二人の話を聞きます。断片的に伝わってきますが、ほんとうは何を話しているのかわからない。ごちゃごちゃ日常のことを話して、また二人は立ち上がって外へ出て行き、女性はまた停留所へ行って電車に乗って行ってしまう。男のほうは、少し歩いて、別の電車に乗ったのを、敬太郎もそのあとを追いかけていきますが、終点で、雨が降りかかったなか、あとはわからなくなってしまう。そこで家へ帰っていきます。

　結局、よくかんがえてみると、断片的に聞きかじった会話しかわからなくて、その男と女がどういう人間かというのもよくわからないまま、とにかく二時間ぐらいあとをつけて、帰ってきただけだということになります。敬太郎は翌日下宿で寝ころびながら昨日のことを考えると、全部が夢のようにおもえます。男と女が会ってレストランに入ったことも夢の光景のようにおもえる。じぶんがあとをついていってそこへ入って、聞き耳をたてたということも夢のようにおもえる。また、俥《くるま》であとを追いかけていったのも夢うつつにおもえます。結局、そうして二時間もつけて歩いたけど、その男と女性とはどういう関係にあるかというのもわからないし、どういう会話を交わしたかというのも、ほんとうはよくわからない。服装以外には何もわからなかったということになります。

　それを就職を頼んだ田口という須永の叔父さんのところに報告に行きます。これこれこうだと、つけて行ってあったことはぜんぶ報告しますが、結局何がわかったかというと、何もわからないに等しい。敬太郎は少しばかにされたというか、なぶられたような感じで、何かいってみたくてしょうがない。それで山口という事業家に、あのようにあとを追っていろいろ調べてみたつもりだけど、結局何もわからなかったに等しい。よくよくかんがえてみれば、そんなことをするより、その男に直接ぶち当たって、あなたはどういう人で、これから何をしようとしているのかと聞いたほうが早いんじゃないかとおもう、と敬太郎はいいます。田口はそれを聞いて、あなたがそれだけよくわかっている人とはおもわなかった、ほんとうをいえばそうだ、そういう時は直接聞いたほうがずっと早いんだ、そういうことに気がついたのは大したもんだといいます。たぶん就職はできるという感触になるのです。

漱石はなぜそんな設定の仕方をしたのでしょうか。それはたぶん、先ほどの『門』とか、このあとに書かれた『こころ』の場合と関連があるのです。

つまり『門』の場合でいえば、宗助は直接お米に、もしかすると安井が来るかもしれんぞといってしまえば、そこで問題はすんでしまう。小説は成り立たなくても、実際問題としてはそれですんじゃうのですが、宗助はそれをいうことができないで、あくまでもそれをもって回るのです。『こころ』の主人公の先生も、Kが下宿の娘さんを好きだといった時に、じぶんもそうだといってしまえば、それは違う展開になっていて、物語にはならないとしても、実生活上、実際上の解決にははるかに有効だということになるのです。『こころ』の先生は、それをいえないで、じぶんのなかで繰り返し繰り返し罪の意識のように、心に残し、結局、もちこたえられないで自殺してしまいます。

動機の処理の仕方

そうかんがえますと、敬太郎が、こんなばかなことをするのだったら、いっそのこと怒られても、ぶんなぐられてもなんでもいいから、早く直接ぶち当たって、あなたはどういう人だ、何をしようとしているのか、じぶんはこれこれの人からそういうことを調べて報告してもらいたいといわれたので来たんだといってしまえば、怒られるかどうかは別として、まったく違う展開になっていくわけです。『彼岸過迄』では、田口は事業家として人をたくさん使って、人間というものをよくわかっている、また、人間のあしらい方がわかっている、世間知にたけた人として設定されていますから、敬太郎が、こんなのは直接聞いたほうが早いんだとじぶんはおもったというと、それがわかってたら大したもんだという、そんな場面を設定したんだとおもいます。

それで田口は、あなたがつけていった人間がどういう人間か知りたいかと敬太郎にいいます。もしできるなら知りたいというと、じゃ紹介状を書くから、これをもってどこそこへ行けという。それは松本という須永の別の叔父さんなんです。そこへこれをもって行きなさいと紹介状を書いてくれた。そしてそこへもって行くと、松本という叔父さんはまったく違うタイプで、これは漱石の好きな人物の面影が多少ありますが、その紹介状を見て、あいつはばかだ、田口というのはほんとうにばかなんだ、あんたはばかに使われたんだ、ああいういたずらをするのは人間をばかにしているんだ、どうしてばかにするかというのはとても簡単なことだ、あれは事業か何かやっていて、人間をあしらい慣れているから、ああいうことしかできないんだ、と松本はさんざん批判するのです。

それで、須永にとっては田口も叔父にあたるが、じぶんも叔父なんだ。おれは能なしのようなものだけど、財産を残してくれたものがあるから、こうやっていられる。だけど、田口は事業家として成功して、人をたくさん使ってきているから、ああいう人間になってしまった。しかし、あれはほんとうにだめなやつだと松本という叔父さんがいいます。

松本は、小川町の停留所で降りてきた中折れと霜降り外套の人です。そこに来た若い女は、田口の上の娘だということが、そこでわかります。ただ、松本は敬太郎に、あいつはばかなやつだけど、とりえもある。あんたがそういうことをいって感心したんだったら、あいつはあんたの就職はちゃんと世話してくれるはずだ。だからそれは安心していいといいます。それで敬太郎は田口の斡旋したところに勤めはじめるというところで敬太郎の話は終わります。

漱石はたいへんおもしろがって、推理小説を書くつもりのように、謎めかして中折れ帽をかぶった紳士と娘さんが出会い、それを追いかけていって探る、そこをおもしろおかしく書いていますし、またそのなかで敬太郎がどういう資質かというのも、ちゃんと描けていて、おもしろい推理小説的作品になっています。『門』も推理小説といえばいえないことはない作品です。何が違うかというと、動機あるいはモチーフというものにたいする漱石の考え方でしょうけど、処理の仕方が『門』と『彼岸過迄』の敬太郎の話とではたいへん違います。『彼岸過迄』では動機、『門』でいえば変化が過去のほうからやってきて現在に到達し、影響を及ぼす、そういう描き方はちっとも変わっていませんが、ただ、それを描く処理の仕方がたいへん違っているとおもわれます。

『彼岸過迄』は推理小説とおなじで、謎めかして描きながら、あとで種あかしをするように物語をもっていっています。動機の種あかしをあとでやるかたちになっています。『門』では、動機がいかにして現在に入ってくるかという描き方はありますが、種をあかせばこうだというようなことはないのです。逆にいえば、『門』の主人公たちは絶対に種をあかさないといいますか、種をあかしてもいい場面がやってきても、種をあかさないというのが『門』という物語をつくるいちばん大きなモチーフになっています。『彼岸過迄』の敬太郎の話はそうではなくて、初めは謎めかして描写しながら、すぐ種をあかしてしまうというやり方をとっています。そこがたぶん、『彼岸過迄』の探偵性、推理小説性というものと『門』とが違うところだとおもわれます。

須永の話

漱石自身はたぶん、こういうおもしろさでもって、『彼岸過迄』という作品を貫徹したかったのではないかとおもいます。こういうおもしろさで貫徹できれば、この作品はそれなりに漱石にとってはおもしろい試みだということになったのでしょうけど、今度は敬太郎の友達の須永の話になります。須永の話は須永の一人称で描かれます。ここではもう推理小説性というか、漱石がおもしろがっているところは全部なくなってしまいます。大まじめで漱石の本質的なテーマが作品のなかに全面的にあらわれてきてしまいます。

須永の話の発端は、須永と敬太郎が柴又《しばまた》の帝釈天に行って料理屋で休むところから始まります。いつか須永のところに敬太郎が行った時に来ていて、気配だけして顔を見せなかった女性が、小川町の停留所で松本と会っていた田口の上の娘の千代子なのですが、千代子はいったいおまえのなんなんだと、須永に敬太郎が聞きます。それにたいして須永が、じぶんの生い立ちから、じぶんとその女性とのかかわり合いを語り始めるのが、次にやってくる須永の話です。

この話の基調は漱石の本質的なテーマの特徴そのものです。須永が子供の時にじぶんと千代子とを親どうしが一緒にさせようという話になっていた、だけどだめになってしまった。どうしてかということを須永がるる説明する、それが、二番目の須永の話の内容をなします。大ざっぱにいえば、子供の時、親どうしがそういっていたころは、わだかまりなく遊んでいて、それでよかった。ただじぶんは長ずるにつれて、だんだん無邪気ではなくなり、内向的になっていって、外から見れば何をかんがえているのかわけのわからない、得体のしれない男だとおもわれるような性格になっていってしまった。千代子はふつうの女性なので、だんだん話や感じ方が合わなくなってきた、それがひとつです。

もうひとつあって、約束したころは田口という叔父さんは、じぶんの親父さんが世話してやっていた人物だったけど、その後、事業家として成功していくうちに、その叔父さんはじぶんのように内向的で、何をかんがえているのかわからないような男はだんだん嫌いになってきた、それがとてもよくわかるように描かれています。その二つの要因が現在、その女性とぎこちなくなっている理由なんだと、説明します。敬太郎は、須永の生い立ちとか親類関係とかがおもっていたよりずっと複雑だということを知ります。

最後に須永がいうことは、結局はたのことはともかくとして、じぶんとその女性とのあいだがどうなっているか、親類でもあるし、子供の時から知っているし、親しい口もきいている。だけど、よくかんがえると、たぶん親が昔決めたように一緒になるということは成り立たないとおもう、と須永は語ります。どこが成り立たないかというと、じぶんはいとこの千代子がもっている生一本さとか、向日性《こうじつせい》とか、明るさにとうてい耐えられないと、須永はおもうのです。千代子はじぶんにたいしてほがらかに、明るく親切にふるまうだろうけど、ギリギリまで詰めていったら、じぶんはどんどん内向的になって、それが苦痛になっていって、そこから逃げよう逃げようという気分にどうしてもさせられる。だけど千代子のほうは、そうやってじぶんの世話をやいてくれて、その代償ということではないけど、じぶんが世間に出て立派に一人前にやっていって、あわよくば父親のように事業家として成功していく、無意識のうちにそういうことを期待するようになるに決まっている。じぶんは内向的で、それに耐えないから、やはりだめではないかとおもっていると、敬太郎に説明するのです。

その問題は、『こころ』の場面とおなじですが、ある時、鎌倉の海水浴場に田口の一家が泳ぎに行っていて、そこへ須永と母親と二人一緒に来ないかと招待がきます。母親は行こう行こうというので、あまり好きじゃないけど、いやいやながらついていく。ついていって海岸で遊ぶのですが、その遊び仲間に、千代子の妹の友達の兄さんが来ています。これがおあつらえ向きにスポーツマン的で明るくて闊達でという男です。一緒に遊ぶのですが、須永はその男性に圧迫を感じるし、ジェラシーも感じる。千代子のふるまいを見ていると、その男に気持ちがひかれているようにも見えるし、またそうじゃないようにも見える。対手の男性はすこぶる闊達に、ほがらかにふるまっています。須永はますます内向的になって、しかもジェラシーを感じるということになっていきます。だんだんいやになって、黙って一人で家へ帰ってしまいます。

須永の性格の要め

須永という男性には、漱石の主な作品の主人公が負う資質が全部かぶせられているのです。その資質は漱石自身の資質の幾分かを分かちもっている、そういう性格をあたえられています。

千代子は数日後に、須永の母親を送って家へ帰ってきますが、その時、衝突が起こるのです。高木という闊達な男を話題にした時に、千代子は、あなたは卑怯だといいだします。なぜ卑怯か、どこが卑怯なんだというと、そんなことはあなたがじぶんでわかっているだろう。あの人は分け隔てなく、わだかまりもなく、あなたでもだれでもつきあおうとしている。それなのにあなたは心を閉ざして、なんでこんなところに来てるのかわからないみたいなかたちになっている。そういうやり方は卑怯きわまりない、といいます。いや、それは卑怯なのではない。じぶんはこんな性格で、このように内向していく。しかし、じぶんは他意がないんだ。ただこういう性格だということはじぶんではどうすることもできない、と弁解します。

そこが漱石が須永にあたえた性格の要《かな》めだとおもいます。もし、じぶんが一人の女性を好きになって、おなじようにその女性を好きになった男がいたとする。一人の女性が二人の男から好かれている場面になったとする。そしたら、じぶんはすぐに圏外に出ていく。じぶんだったら疑いなくそうする、と須永はいいます。じぶんにはそういう場合、一人の女性をめぐって競争する心はぜんぜん起こらない。競争心がないなら、ジェラシーを感じるのはおかしいじゃないかといわれるとそうだけど、ジェラシーを感じるのは真実だ。しかし、そうなったら、じぶんははっきりと圏外に飛びだして、それを残念だとも悔しいともおもわない。それがじぶんの考え方だ、と須永が敬太郎に語るところがあります。そこは漱石の主な作品の主人公たちを、たいへん難しくしているところです。難しくしているけど、それをなくしたら漱石の主たる作品は成り立たないのです。

漱石自身に還元していいますと、漱石もじぶんの資質はおなじだというとおもいます。漱石がそういうことに固執してやまないということは、そういうじぶんの資質が半分はわかっている、意識的にわかっているのです。しかし、あとの半分は、なぜじぶんがそうなのかというのは、漱石自身にもどうしてもわからない。しかしわからないながら、いつでもじぶんは、そういう心の働かせ方をする。そういうことが漱石の本質的な問題であって、だから須永にそういう性格をあたえたのだとおもいます。

つまり須永の話のところまできますと、『彼岸過迄』というのは単なるおもしろくしつらえた推理小説という面をひとりでに逸脱してしまって、まじめきわまりない問題になってしまいます。しかし、そこにしか漱石の本質的な資質はあらわれてこないのです。そのへんのところが『彼岸過迄』という作品を一種の失敗作にしている理由だとおもいます。もしかすると敬太郎の話と須永の話は、意図的に対称的にしつらえたのかもしれませんが、そうだとしても失敗作にちがいないとおもいます。

そのあと、今度は松本という叔父さんの話になっていって、敬太郎がそれを聞くという筋立てになります。松本は甥の須永ととても資質がよく似ています。それは思春期にじぶんのもっているものをぜんぶ注ぎ込んでしまったことがひとつあります。いまでは後悔しているけど、その時はそうはおもわなかったわけです。しかし、じぶんは余計なものまで須永に背負わせて、須永を内向的で、実社会には役に立たない、得体のしれない心をもった人間にしてしまった。それは自分の失敗だといえば失敗だった、と松本が語るところがあります。

もうひとつ、須永が内向的になる理由があります。いつか須永にそういう話をして聞かせたけど、須永の母親はほんとうは実の親ではなくて、継母だというところです。おぼろげに幼時の記憶をたどっていくと、須永にはなんとなくそういう雰囲気がわかって、それが須永を内向的にしている理由だし、また千代子という従姉妹と一緒になることを躊躇している理由にもなっているとおもうと、松本がいうのです。

これらを終始、敬太郎は、森本という満洲浪人のようなおなじ下宿にいた人物がくれたヘビの頭のステッキをもっている時ともっていない時とは、感じ方とか雰囲気がぜんぶ違ってしまうということを筋立てにして、須永の親類筋にある内向的な話をぜんぶ聞いてしまいます。そう敬太郎がいうところで、『彼岸過迄』という作品は終わっています。

モチーフの強烈さ

『それから』という作品から始まり、『門』を書き、そして『彼岸過迄』を書いたのですが、漱石が資質的にもっていた課題は、ここで終わらなくて、また次の『行人』という作品に続くのです。『門』のあとにくる『彼岸過迄』、『行人』という作品は、作品としては破綻のほうが多いといっていいでしょう。逆の意味でいいますと、漱石が何がなんでもじぶんのもっている資質、それから無意識に演じているじぶんの実生活上、あるいは作品上の関心に、解決やじぶんなりの納得をあたえたいというモチーフが強烈なことは確かです。この強烈さが漱石をそのあとまでどんどん引っ張っていったということになるとおもいます。それくらい作品上の破綻もかまわず、じぶんの追求すべき課題とモチーフを、いろいろ観点を変えながら貫いていったといえましょう。

もう亡くなりましたが、哲学者の三浦つとむが、漱石の小説は、ふつうの作家が書く小説と違って、初めに文学についての漱石流の理論（文学論）があって、その理論を確かめるために作品を書いたといえる面がある、そういうことをいっています。そこまでいっていいかどうかわかりませんけど、しかし『彼岸過迄』とか『行人』という作品を見ますと、書かざるをえないモチーフが先にあって、それをなんとかするためにこれらの作品を書いているんだといえないことはないのです。

漱石の悪口をいう人たちが、かれの作品を高等講談だというゆえんも、またそこにあるとおもいます。文学理論のなかにじぶんの資質の問題がちゃんと入っている。そういうことも含めて、文学理論が先にあって、それでなんとかして作品をじぶんの理論と融合、合致する点でつくりながら、じぶんのモチーフを解決させたいということがあった、そういってみたい気持ちはわかる気がします。

このへんが漱石の特異なところでしょうし、ほんとうの小説好きから、玄人受けしないところです。玄人受けするのは鷗外の作品のほうです。でも、漱石のほうが強い時代意識と、じぶんの資質にたいする追求とか、同時代の風俗にたいする洞察力とともに格段の違いです。作品も格段の違いだとおもうのが妥当でしょう。しかし、ほんとうに小説好きな人、たとえば太宰治なども、漱石よりも鷗外をより高く評価しています。そういう人は、玄人筋にはとても多い感覚優先のせいかとおもわれます。

『行人』

『行人』のモチーフ

『門』の作中に坂井という家主が登場します。作品を読んだ印象ですと老人のようですが、歳を書いているところが一か所ありまして、四十がらみとなっています。坂井老人、坂井老人と口ぐせになっていて、聞いていた人から、それは違う、四十ぐらいと書いてあると注意されて、ぎょっとしたことを覚えています（笑）。漱石の作中人物は、書かれている作中のふるまいだけでいいますと、だいたい十ぐらい歳とった印象をあたえるのではないかとおもわれます。それは、漱石の作品の特徴のような気がします。

『行人』には、一郎と二郎という兄弟が登場しますが、一郎は四十歳前後の印象を受けます。二郎は、二十代後半くらいの印象を受けます。しかし、もしかすると十ぐらい下にしているのかなという感じもします。そのへんは、とてもわかりにくいところです。一郎の奥方、お直の年齢もわからないのですが、これも作品の印象からは十ぐらい上のような気がします。そこは漱石の作品全体のわかりにくいところだという印象です。

『行人』という作品は何がモチーフでしょうか。一郎という大学の先生をしている書斎派型の人物がいて、その奥さんのお直、一郎の弟の二郎が主な登場人物です。

いちばん重要なところ、問題をはらんだ作品のクライマックスのところで、一郎夫婦が母親や二郎も一緒に、大阪に行ったついでに和歌の浦に遊びに行きます。そこで一郎が二郎を呼んで、お直と二人で和歌山に行って一晩泊まってくれないかと頼みます。なぜそんなことをしなければいけないんだと二郎が不審におもい尋ねると、じぶんはおまえとお直との間柄を疑っている。だから、それを試してもらいたいんだというのです。何を疑っているんですか、そんなことあるはずがないじゃないか、いくら兄貴の願いでもそれはごめんだと答えると、おまえがごめんだなどというなら、私は一生おまえのことを疑うぞというわけです。それで納得したわけではないんですけど、結局、お直と二郎が二人だけで和歌山へ行くという場面になります。もちろん二郎のほうは、一郎の言い草を聞いていて、これは正気じゃない、病気だとおもうのですが、ただ、なぜ疑うかの理由、根拠を一郎の口から聞くと、一種の説得力があって、それで承知せざるをえないようになります。それを実行するというのがクライマックスです。

漱石の男女観

一郎の考え方はどういうものかというと、お直と二郎とが仲が良くて肉体関係があったり、あるいは恋愛関係があったりというところまで必ずしもかんがえているわけではありません。ただ、どうかんがえようと、同居している二郎とお直とのあいだに自然な親和感情に似た交流がさりげなく流露していたとしても、じぶんはどうすることもできない。そうかんがえると、どうしてもお直と二郎とのあいだには恋愛感情の交流があるようにおもうというのが、一郎の信じ方です。なぜそういう信じ方をするのか。それは一郎の人生観、恋愛観、男女観になっていきますし、また、この男女観は漱石自身の男女観と同等、等価だということができます。

それはどういうことか。作品のなかに出てきますが、男女のあいだの自然な感情というのは恋愛感情なんだ。恋愛感情というのがいちばん自然な感情なんだ。ところが、結婚ということのなかには、かりに恋愛感情が多少とも含まれているとしても、家族関係、姻戚関係、社会的地位といった人工的な要素がどうしても介在してくる。そうかんがえると、男女の関係というのは、結婚よりも恋愛感情のほうが自然だし、またそのほうがありやすいんだというのが一郎の考え方です。別の言葉でいえば、一郎はじぶんと妻お直とのあいだには自然な親和感の流露がないようにおもえるのに、弟二郎とお直とのあいだには自然な感情の流れがいつもあるようにおもえることが、不思議な気がしているのです。

二郎とお直との日常の会話とかふるまいとか、からかい合いとかを聞いていると、おまえとお直とのあいだには恋愛感情があるとおもえる。それにたいして、じぶんとお直との関係はいかに人工的で冷たいものかということを感じざるをえない。また、じぶんの内向的な性格をお直がわかってくれているとはとうていおもえない。冷たい違和感がそこには流れている。それに比べると、おまえとお直との関係のほうがはるかに自然だ。その自然ということをもっといえば、恋愛感情があるかのごとく見受けられる、と一郎はかんがえています。

二郎は、とんでもない話だ、じぶんにとっても、嫂《ねえ》さんにとっても、そんなことをいわれたらかなわないといいます。しかし、みんなが泊まっている和歌の浦から二郎とお直が和歌山へ一日遊びに出かけることになるのです。そこで立ち寄った料理屋で、もう少し兄さんに温かくしてやったほうがいいんじゃないかと二郎はお直にいいますが、お直は、いや、じぶんはお兄さんに不服をもった覚えもないし、不満をいった覚えもない。じぶんなりにちゃんとやっているつもりだ、ただ、じぶんはばかだから、兄さんを満足させることがいろんな意味でできない。しかしそれはじぶんがばかだというだけで、けっしてじぶんにそういう気持ちがあるわけではないと、お直は説明します。

出かけた夕方に和歌の浦のほうは大嵐になって、通信も途絶えてしまう。とうてい帰ってくることができなくなります。それでお直と二郎は旅館をとって一夜泊まることに、ひとりでになっていくのです。嵐のために旅館が停電になったりしますが、その場面は、たいへん見事で、鮮やかなイメージの湧く場面です。作品のいちばんの勘どころにふさわしい描写になっています。

二郎はお直と一緒の部屋で寝ているのですが、なかなか寝つかれない。お直のほうもなかなか寝つかれない。そこが見事に描かれているんですが、お直はたいへん大胆なことをいいます。じぶんはいつだって死ぬ気でいる。だから、この嵐のなかで、もし二郎さんが一緒に心中しようといえば、海岸まで行って心中するわよとか、じぶんはいつでも海に飛びこんで死んでもいいとおもっている、というようなことをいうのです。

つまり、やはりお直は一郎の前でいうことと、二郎と二人でいる時にいうこととが違ってきてしまいます。大胆な言葉になったり、二郎さんて案外意気地がないのねみたいなことをいって、大胆に軽く開放的にふるまったりします。それが実に見事に描かれています。

女性は二人の男からおなじ強さで引っ張られたら、どちらかに傾くというように選択することはできないのではないか。それが漱石の女性観の根柢にあります。作品の主人公の疑惑の根柢にあるのはそういうことだとおもいます。そのことをとてもよく描いています。つまり、二人になったからどうしたということでもないのですが、一郎の前にいる時と、二郎と二人きりでそういうかたちで閉じ込められて一夜を明かさなければいけないようになった時のふるまい方とは、ずれてきます。その変わり方を、とてもよくとらえています。

『行人』のアンチクライマックス

このクライマックスにたいして、まったく正反対のアンチクライマックスがあります。

一郎や二郎たちの家にお貞さんという女中さんがいます。その人と、もと書生でいまは別に所帯をもっている岡田という人物の知り合いの佐野という男との結婚話がもちあがって、お貞さんは佐野のところに嫁いでいくことになります。明日結婚のためにお貞さんが家を去るという時、さりげない描写ですが、一郎がじぶんの書斎にお貞さんを呼んで三十分ぐらい出てこなかったというところがあります。その時、お直が口に冷たいちょっとした笑いを浮かべた、と描写されています。それだけのことです。先ほどの動機ということでいいますと、『行人』には動機なき描写というのがたいへん多いのです。動機もなければ、動機の種あかしもないし、動機の解明もないという描写がいたるところに潜んでいます。読むほうがそれを拡大解釈して受けとる以外にないというようになっています。お貞さんが明日、佐野のところに嫁に行くという日に、一郎はお貞さんを呼んで三十分ぐらい出てこなかった。その時に、お直が薄笑いを浮かべていた。それだけの描写で、そのあと、別に何も出てきません。だから、いろいろなことをつなぎあわせて、読むほうは推察する以外にないのです。

推察してみますと、従順で素直で、食事の時には給仕してくれたり、お茶を注いでくれたりとか、何もいわないでひたすらじぶんに奉仕してくれる素朴な人間、そういうお貞さんというのが、一郎にとっては理想的な女性のイメージだったとおもいます。それでお貞さんをたいへん好きだった。好きだというのは恋愛的な意味とかエロチックな意味ではなくて、一郎は好感をもっていた。それは細君のお直とちょうど正反対にある性格で、一種のつつましやかさというのが一郎にとっては理想の女性なんだ、だから、お貞さんに、いままで世話になったとか、ありがたかったとかいう言葉をかけたんだと、その三十分間を受けとれます。推察するとすれば、そのように推察する以外にないとおもいます。

これは『虞美人草』の糸子、『門』のお米さんとおなじです。漱石の理想の女性というのは、古風で控え目でという人です。だから、もし一郎のなかに漱石がじぶんの面影を落としこんだとすれば、一郎はお貞さんをいいとおもっていたので、最後に三十分を費やして言葉をかけたんだと推察することができます。『行人』には、『彼岸過迄』と違って、動機の解明もなければ種あかしもない、ただ推察する以外にない、という描写がいたるところにあります。

もういくつかあげてみます。二郎は、結婚する前にお直を知っていたという描写が一行だけあります。知っていたというのは、恋愛関係があったとかいう意味ではなくて、同級生だったか何かわかりませんけど、そういう意味で知っていた。これは見落とせばそれまでですが、一郎がお直と二郎の関係を疑う根拠のひとつになりえたのだとおもいます。こういうことはちゃんと書いてくれればいいのですが、漱石は、少なくとも『行人』では書かないようにしています。動機なんか全然ないというようなたちで書いていますし、一郎が、二郎にお直と一緒に一晩和歌山で泊まってくれというのも、いくら一郎の説明を聞いても動機がない。こんなことをいうのは病気だ、病人なんだとおもう以外にない。そう推察する以外にないのです。動機が明晰に描かれて、明晰に理屈がたっているわけでもない。二郎が容易に反駁できる程度の理屈しかたっていないのです。

まだあります。お直と一郎は、はたから見ても冷たくしか見えないのですが、何かの拍子に十分か十五分ぐらい一郎のところにお直が行って、二郎と泊まって帰ってきた日もそうですが、出てきたとおもうと、一郎の態度がけろりと変わる。ばかにほがらかそうに変わっている。お直がどういう手腕をもっているのかわからないけど、二郎は嫂さんのとても不可思議なところだと描写してあります。

盛忍《もりしのぶ》の夏目漱石論を見ると、それはお直がそのとき一郎と性的行為に及んだんだという解釈です。だから機嫌が直ったんだというように、推察しています。僕も二郎とおなじで、なぜお直が十分か十五分くらい一郎の部屋に行って帰って来ると、一郎の機嫌が直ってしまうか、お直さんには人間としての魅惑のようなものがあるんだと理解していました。盛さんはとてもはっきりと、いや、それは性行為をしたんだ、性行為をしたから機嫌が直った、そういうことだと書いています。

解釈ですから、それぞれ適当でいいわけですが、要するに僕がいいたいことは『行人』のなかには、その手の動機なき行い、動機がわからない行いとか事実の描写がたくさんあります。それは注意しなければ読み落としてしまいますが、注意深く読めば、ひょっとそういうのが浮かんでくる。でもけっして何も書いているわけではないというかたちで、この『行人』という作品は展開されています。これが『行人』という作品の大きな特徴です。

漱石中期の大きな関心

もっといってしまえば、『門』、『彼岸過迄』、『行人』と並べてみますと、この時代に漱石がいちばん関心をもったのは、動機というのはなんなんだ、それから、それに関与する偶然と必然とはなんなんだということだったのではないかとおもわれます。その手のモチーフをどこまでも展開して、それをわかりたいということが漱石にはあって、この三つの中期から晩期にかけての作品は成り立っているとおもいます。

それぞれ個性的で、『門』と『彼岸過迄』と『行人』では、動機についての描写の仕方が、それぞれ違っています。そして、それぞれの特徴があります。そのなかで『行人』の特徴をいえば、いま申しあげたとおり、行いの描写はあっても、それがいかなる動機で行われた結果なのかということについての説明はほとんどされていない。ただそれを読者のほうが推察していくより仕方がないのです。

『行人』という作品は破綻の多い、ありうべからざる内容の物語だとも読めます。また逆に、これは骨組みだけでできているので、読むほうの読者がここにさまざまな装飾、尾びれ背びれというか、さまざまなイメージを付け加えて解釈する余地が『行人』という作品にはあるといってもいいのではないかとおもいます。

つまり、和歌山に泊まって、二郎と二人になった時に、お直が大胆なことをいいだして、私はいつ死んでもいいんだ、死ぬ覚悟はもっているんだという、その大胆な違い方は、二郎だけにはよくわかっているのですが、ほかの人には、一郎にもわからない。だけど二郎は、ふだんのお直と、じぶんと泊まってそういうことをいう時のお直とは違うということがわかっているのです。

では二郎はどのようにわかったのかということは、描写したいところでしょうけれど、いっさい描写されていない。だから、推察する以外にないので、僕の推察の仕方からいえば、漱石の女性観の根柢には、女性は、二人の男性からおなじくらい好かれたら、どちらかに決めることはできないというのが本質なのではないか、だから、型でいえば真《ま》間手《まのて》児奈《こな》型といいましょうか、それが女性の本質なのではないかと漱石はかんがえていたと推察できます。しかし、ほんとうはさまざまな解釈ができるのだとおもいます。また、さまざまな解釈によって、その人の考え方とか、女性観が出てくるのだとおもいます。僕は、一郎のもっている考え方のなかに、漱石の女性観、あるいは男女観が歴然と出ているとおもいます。

一郎がもっと露骨にそういう問題を二郎に語るところがあります。それは『神曲』のなかに、フランチェスカと夫の弟のパオロとの不倫の関係があって、それが夫にわかってしまって、二人は殺されてしまうというエピソードがありますが、そのエピソードを二郎の前で露骨に一郎が語って聞かせます。二郎のほうは、じぶんもいいたいことはけっこういうほうだけど、兄貴ほどすさまじく直進してくるようなことは、おれにはできないとかんがえます。

一郎は、われわれは肝心のフランチェスカの夫の名前は忘れているのに、どうしてパオロの名前を覚えているか、おまえわかるかというのです。それは、その時の道徳観、社会観ではパオロとフランチェスカの関係は不倫の関係だ、つまり不都合な関係、不道徳な関係になるだろう。しかしそうではなくて、パオロとフランチェスカの恋愛関係のなかに、ほんとうの男女間の自然の流露がある。だから人々はこっちのほうを覚えていて、夫がどんなやつで、どんな名前だったかなどというのはだれも覚えていないんだ。そういって、暗に二郎とお直の関係についての比喩を露骨に語って聞かせるところがあります。このへんのところで、一郎の男女観というのに、たぶん漱石の男女観というのがたいへんよく似ている、よく投入されているとかんがえることができます。

なぜ漱石は三角関係を生涯の主題にしたか

それでは、なぜ漱石は三角関係――特に特異な三角関係、つまり、兄弟が一人の女性をめぐってとか、あるいは親友が一人の女性をめぐってというようなかたちでの三角関係を、生涯の作品の主な主題にしたのかということになります。

僕の解釈は、漱石の資質の病気だろう、というものです。資質の病気というのは深い浅いはあっても、パラノイア性の病気とか、病気に近いもの、あるいは性格だとおもいます。それはどこからくるのかというと、乳胎児の頃の体験からきます。さしあたりあっさり解釈しておくことにいたします。

しかし研究者によってさまざまな解釈がありえます。実際に漱石と嫂とのあいだにそういう関係があったんだという解釈と理解の仕方、あるいは実証的な例も挙げて、そのように主張する研究者もおりますし、そこまではないんだという人もいます。また、漱石にはほかにそういう女性がひそかにいたんだという人もいます。あるいは、じぶんの奥さんと若い弟子たちとの感情の交歓の仕方を、漱石はいつでも傍《はた》で見ていて、そこに何か一種のこだわりがあって、それでこういうことを生涯のテーマにしたんだという研究者もいます。でも、あっさりかんがえて、資質的にそうだったんだ、どうしてもそこに固執せざるをえないものが漱石にあったのだというものです。

ここがたいへん大きな問題です。漱石はどういう女性を好いていたか、漱石の好きなタイプの女性は決まっているのです。『虞美人草』の糸子とか、『坊っちゃん』の清のような女性が好きなのです。では、漱石が好きでない女性のタイプはどうでしょう。いちばんすごいのは『虞美人草』の藤尾という女性です。これはいまのフェミニズムの人からいわせればいちばんいい女性で、糸子のようなのはいちばんだめな女性だということになります。しかし、そのへんが漱石の本音のところでした。それが漱石の固執していった大きなモチーフだとおもいます。

極端な場面では、二郎のほうから見ますと、一郎のいうことはまるで病気で、それ以外にいいようがないとなります。一郎のほうは極端なところまでいきますと、先ほどのエピソードじゃないですけど、おまえは自然に従うことで永久の勝利者になりたいのだろう、そういわれたいんだろうと二郎にいうところがあります。二郎のほうから見ると、そんなことをいわれる根拠はどこにもない、だから、この人は病気なんだとおもうわけで、それ以外にないのです。

もうひとつ、動機を説明していませんが、なぜ一郎が二郎とお直とのあいだに不倫、あるいは自然な恋愛感情があると疑うか、間接的な根拠をちょっとだけ書いている個所があります。二郎の親友に三沢という男がいます。二郎が三沢としゃべっていて、うちの兄はいまちょっと神経衰弱ではないかとおもうというと、三沢が、おまえはそんなことで兄の心配をして、医者に見せようとか、休養させようとかかんがえるより、おまえが嫁さんをもらったらどうだとひょっというところがあります。その場面の文章から見ますと、じぶんではわからないだろうけど、一郎の疑いの種を、おまえが無意識にふりまいているんだぞ、と三沢はいいたいんだと受けとれる、その場面はそう描かれているとおもいます。つまり、一郎がお直と二郎との関係を、なんの具体的な関係もないし、また理性的にいえば、ないことは一郎のほうもよくわかっている。それにもかかわらず、そういう疑いをしつこくもつという理由、根拠が間接的に三沢の言葉で象徴されているとおもいます。

こういうことは漱石の理解の仕方からいえば、男女の問題については自然のほうが人工的よりいいし、自然ならば無意識の自然がいちばんいいし、確かなんだという観点が、漱石に抜き難くあったとおもいます。漱石はそれに外れるといいますか、それに対抗してさまざまな考え方をもった主人公たちがどうなるかということを、執拗に作品のなかに描いています。

結局、二郎は一人で下宿するようになり、そこから勤めに通うことになります。それでは一郎とお直との関係は直っていくのか、それはちっとも直らないで、ますます行き違いの方向に行きます。ある時、ほかの家族はやってくることがあるのに、それまでやってきたことがないお直が突然やってきて、火鉢にあたりながら、兄さんとの関係があまりよくないといいだすところがあります。それは別のところとつなぎ合わせればすぐわかりますが、二人のあいだで衝突が起こって、一郎がお直をぶんなぐった、そのあげく二郎のところにやってきたと推察できるように描かれています。お直は、兄さんとのあいだはやっぱりだめなんだということと、男の人はいい、いやになったら自由に飛んで行ってしまえるからいい、というところです。

二郎が下宿して別に住んでも、お直と一郎のあいだはうまくいかない。一郎はますます病的になっていく。家族や周囲の者がHという一郎の親友に、どこか旅に連れだして休息させてやってくれないかと頼んで、誘いにのって一郎は湯治場《とうじば》に行くことになります。一郎が湯治場に行ってどのようにふるまうか、どういう状態になるか、どのように平静になっていくのかということを、めんどうだろうが知らせてくれないかとHに頼みます。Hはその頼みを受けて、湯治場を転々として旅行をして歩くあいだの一郎の気持ちとかありさま、ふるまいを逐一報告するというところで、この作品のクライマックスは終わっていきます。

一郎の不安の根源

そのなかで一郎が親友のHに、じぶんの現在の状態をかいつまんでいうことが三つほどあります。ひとつは、じぶんは不安でしょうがないんだということ。その不安はどこからくるのか。一郎をなぐさめようとしてHが、君のいっているような不安は、いってみれば人間の根源的な存在の不安であって、君一人がどうしたからといって、苦しんだからといって、解消するわけでもない、そういう意味の不安なのではないか。その不安というのは大小はあっても、われわれがそれをもったまま生きていく以外にないんじゃないか、そういうなぐさめ方をします。

それにたいして一郎はじぶんの考えを述べます。人間の存在の不安というけれど、人間の不安の根柢にあるのは科学の発達なんだ。科学の発達があるかぎり、人間の不安が止まることはありえない。だから、どこまで行っても不安は伴う。それはだれにでもある不安というよりも、科学の発達にともなう文明の不安を、じぶんの不安とおなじものとして受けとってしまう、そういう人間もいて、じぶんはそれでどうすることもできないんだといいます。一郎が不安についてそういう解釈、理解の仕方をするところがあります。それにたいしてHが手紙のなかで、一郎の不安というのは、やがていつか、はるか将来、未来になって、人間みんなが一郎とおなじように不安ということを理解するようになるまで、なくならないのではないかと書いてきます。それが一郎を占めている不安だし、一郎の解釈している不安の原動力といいますか、原因だと描かれています。漱石は、そのように一郎の不安を位置づけたかったのだとおもいます。

しかし、この一郎の不安というのは資質の不安がいちばん大きいとおもえます。これはたぶん、乳幼児期に根源がある不安だというように理解できます。つまり一郎の不安は、文明の不安にもっていくことができない不安だとおもえます。外側に、文明あるいは科学の発達の不安というようにもっていく一郎の解釈の仕方、しいていえば漱石の解釈の仕方は違うだろうとおもいます。漱石はいつでも根源的な不安をもっていた人ですが、そのじぶんの根源的な不安がどこからくるかといったら、文明の発達に帰している部分があからさまに作品のなかに出てきます。しかしじぶんの根源的な不安は乳幼児期の不安だということについては、解明がそれほど行き届いていません。漱石にとって少しは意識したかもしれないけど、半分は意識しない問題だったとおもわれます。そこが、一郎の不安をつまらないものにしている、つまらない解釈にしているところだとおもいます。

一郎が告白することのなかにもうひとつ、鋭敏さ、過敏さということがあります。つまり中途半端で済ますことができなくて、何ごとにつけても白か黒かが決まるまでつきつめずにはおられない。そういう一郎の資質は、鋭敏ではあるけど、一本の針金の上を渡っていくようなもので、そういうところで一郎は生活している。それはどんな対手にたいしても、身近な奥さんにたいしても、白か黒かとつきつめるところまでつきつめることを要求することが避け難い。それが一郎のもうひとつの悲劇だと、Hが手紙のなかで書いてよこします。

それで一郎はその問題について、じぶんは死ぬか、気が違うか、それでなければ宗教に入るか、それ以外に道がない。宗教に入ることはできない。なぜできないかというと、じぶんは神とか仏のような絶対的なものをじぶんの外につくったり見つけたりすることはできない。じぶんが神だとか、じぶんが絶対だとはかんがえるけど、じぶんの外に絶対的なものがあって、それを信ずる、信じないというようにじぶんをもっていくことはできない。そうすると、じぶんには気が違うことしか残されていない、一郎はそのようにかんがえていると、Hの手紙に出てきます。

それが過敏さ、鋭敏さということについての一郎のもうひとつの解釈です。この一郎の解釈は、ある意味で漱石自身の解釈でもあります。

一般に頭がいいということは、じぶんで頭がいいとおもっている人も、ほかの人がいいといってくれる人も病気なのです。どこかでその病気にたいして予防策を講ずるとか、違うところで頭がいいというのを角をとって鈍磨させるというのが、だいたいふつうの生き方です。漱石もそうしているわけです。そうはできない面もあったけど、そうしているのです。ですから女性でも、お貞さんとか、『坊っちゃん』の清とか、『虞美人草』の糸子のような女性が漱石の憧れの女性なのです。憧れてもどうということはなく、それが現実になるわけでもなかったのですが、ただ憧れるということで、じぶんの頭の良さをなだめる意味は、充分にあったとおもいます。

頭のいいという人は病気ですから、なんとかしないといけないということがあります。それが文明の第一の問題だとおもえます（笑）。漱石も、どうすればいいかということは充分によく知っていた人だとおもいます。実際問題としても、禅に関心をもったり、座禅をやってみたりということを日常生活のなかでやっています。また作品のなかでもやっています。

『行人』でも、一郎が最後にいうことはそういうことです。ちょっと怪しげだなということになるのですが、一郎はこういったとHさんの手紙で描いています。半鐘が鳴ってそれが聞こえた、半鐘はどこかのお寺で鳴っているのが聞こえたというのではなくて、半鐘そのものとじぶんがおなじになってしまうという半鐘の聞き方がもしできれば、それはじぶんの外にあるものがじぶんの内にあることとおなじになる。つまり相対と絶対とが一緒になってしまうことで、それがひとつの救いなんだ、そう手紙には書かれています。その考え方はたぶん、禅の考え方を漱石が一郎の言葉として披瀝して見せたのだとおもいます。

漱石の偉大さ

一郎が『行人』という作品のなかで訴える苦痛な状態と、それにたいする一郎の解釈は、最終的にはいま申しました三つの点に帰着します。このいずれの解釈も妥当だとおもえるわけではありません。でも漱石はたぶん、ある程度は妥当だとおもって、こういう解釈を一郎にあたえたのだとおもわれます。しかし、実生活上の漱石は、こんな解釈ではそれこそ気が違うか、宗教へ行くか、あるいは死ぬかしかないわけで、漱石は漱石なりに生き延びる手段を講じました。その手段とはなんでしょうか。じぶんの気違いじみた鋭敏さとか、頭の良さを、どこかで緩和して和らげてしまう、そういう何かをもうけることで漱石自身は実生活上は延命したのだとおもいます。しかし、この作品では、一郎がそのあと、延命したかどうかすこぶるわからないように描かれています。ただ、一郎のような考え方をとっていけば、どうしても延命はできないですから、宗教に行くかもしれませんし、また死んでしまうかもしれないというところに帰着します。

『行人』の作品としての特徴は、漱石のなかにある資質と才能とのあらわれ方、あるいは夫婦間の問題など、その一部分を鋭敏に拡大して主人公たちにかぶせたことでしょう。

漱石自身は実生活でも、まま一郎のような状態に陥ったことがあったといえましょう。奥さんの『漱石の思い出』を読むと、頭がおかしい時期のほうが多いと書いています。また、漱石の『道草』を読むと、じぶんの資質の異常さはあまり書いてなくて、奥さんがヒステリーを起こしておかしくなってしまって、自殺しそこなったとか、そういうことはよく書いてあります。お互いにいってしまえばいいのにというところを、生きているうちにはいえないままだったんだとおもいます。それが一方は作品になり、一方は死んでからの「思い出」になって出てきて、まるで正反対じゃないか、じぶんのことは書いてないじゃないかということになったのだとおもいます。漱石自身はよく延命して、いま流にはまっとうしたといえないでしょうけど、たいへんいい生涯をたゆみなく歩んでいきます。一方では、なかなかゆったりしていたり、自然と同化することもあったりしながら、生涯をまっとうしたとおもいます。

明治以降の文学者で射程の長い、息の長い偉大な作家は何人もいますが、そのなかで少なくとも作品のなかではけっして休まなかった、いいか悪いかは別にして遊ばなかった。じぶんの資質をもとにしたじぶんの考えを展開しながら、最後まで弛《たる》むことのない作品を書いたという点では、息が長いだけではなくて、たぶん最も偉大だといえる作家だとおもいます。

そのおかげで、こういうおしゃべりをする場合でも、他人がどういう漱石論を書いているかをまったく無視して、じぶんの考えだけでも論ずる余地はたくさんある、それだけのものをもっています。キャパシティといいますか、容量とか器の大きさをもっている作家で、これからも古典としてさかんに追究されていくでしょう。もう古典として、学者たちの追究の対象になっていて、微に入り細をうがつというように、だんだんなりつつあります。

しかし、漱石は何にこんなにおもい煩っていたのか、なんで苦しんだのか、なんでこんな小説を書いたのかという根本の大きいこと、文学の本質にかかわることを繰返し追究していく、そういう追究は、だんだん少なくなっている気がします。

どこかできっと必ずもう一回、作品のなか、生涯の生き方のなか、それから病的なふるまいのなかで描き出している人格像は、徹底的に追究する必要があるようにおもいます。もうだれに遠慮することもない古典の段階に入っていますから、徹底的に追究することもまたやらないといけないのではないか、やるべき段階にきているのではないかとおもいます。それがとても望ましいことなのではないかとおもえてなりません。漱石が作品も資質も含めて、それに耐えることはうたがいないところです。

資質をめぐる漱石

『こころ』
『道草』
『明暗』

『こころ』

漱石が固執したテーマ

漱石の最晩年の作品、『こころ』と『道草』と『明暗』の三作についてお話しするところにたどりつきました。『こころ』は大正三年で、『明暗』が大正五年ですから、死にいたる数年に書かれた作品ということになります。でも系譜として分ければ、『こころ』は漱石の成熟期の小説のテーマをあつかった最後の作品ということになります。一人の女性をめぐって二人の男性が愛情について葛藤を演ずるというのが、成熟期に漱石が固執してやまなかったテーマです。その最後のところにこの『こころ』が属するわけです。

一人の女性をめぐって二人の男が愛の葛藤を演ずるみたいにいいますと、近代小説の概念で姦通小説とか不倫小説ということになります。たとえばフローベールの『マダム・ボヴァリー』とか、トルストイの『アンナ・カレーニナ』とかのように、姦通は近代文学のテーマのひとつで、漱石もそれに関心をもったといえばそれまでのことです。でも漱石の作品のモチーフには、まるで違うところがあります。

何かといいますと、一人の女性をめぐる二人の男性という場合、その二人はかならず親友であるとか、たいへん親しい切ってもきれない血縁の間柄にあるということです。それが作品の一貫したテーマになっています。これは漱石のどこから来るのかということが、ことさらとりあげるに価するということができます。実生活のうえで、どこかにこの種の体験があって、そこからこのテーマが繰りかえし繰りかえし展開されたとかんがえるべきなのか、それとも、漱石の資質によるものなのか、資質とすれば、どんな資質なのかという関心がでてくるとおもいます。もうひとつあえて申しますと、文明の後進性がもたらす「開化」の問題であるとおもいます。

『こころ』の記述の仕方は、「私」という人物がいて私淑《ししゆく》するじぶんの先生と親しくなってゆく経緯を、「私」が振りかえって記述するというスタイルで作品がすすめられます。しかし、『こころ』という作品のいちばん白熱したところ、また、ある意味で小説らしい小説といえるところは、最後の先生の遺書の部分だとおもいます。

先生の遺書

先生の遺書は、「私」の先生が一人称で、「私」に遺書の手紙を出すスタイルで書かれているものですから、この場合の私は先生を意味するわけです。いきなりいちばん重要なところに入っていきますが、その先生の遺書のなかで何がいちばん中心に語られているかといえば、私、つまり先生と、先生の学生時代の親友のKの二人が、おなじ下宿に住みまして、下宿の娘さんを二人がともに好きになるところです。

先生とKという友達は、普通の姦通小説の二人の男というよりも、とても仲のいい親密な間柄にあることがとても大切なことになるとおもいます。Kというのは、坊さんの家の出なんですが、医者の家に養子にいっており、養家《ようか》の医者の家ではKに医学をおさめてあとを継いでもらいたいわけですが、Kは医学を学んでいるふりをして、じつは哲学とか、文学とか、宗教とかに打ち込んでいます。作者漱石はKの性格をはっきりした輪郭で描いているわけですが、無口で、求道者的で、よく勉強してという風貌があたえられています。Kは養家に内緒で哲学とか、宗教とか、文学とかやっていたということで、実家からも、養家からも送金を絶たれて困っているので、私が、つまり先生がじぶんの下宿に一緒に連れてくるというところから、葛藤がはじまるわけです。

たいへん明瞭な造形の仕方をしていますから、申しあげてみますと、私つまり先生、とKは、一緒に下宿の娘さんに好意をもつようになっていきます。私（先生）のほうはわりあいにふつう誰でもが好きになるなり方で、娘さんが生け花をときどきとり替えてくれるのをみていると、いかにも下手くそだし、琴を弾《ひ》くときも、とても聞いていられないというふうに初めはおもっているのが、だんだん娘さんを好きになってくるにつれて、その生け花もたいへん好ましいようにおもえてくるし、下手くそな琴もたいへん気持ちよく聞こえてくるというふうに変わってゆくというありさまで、ごくふつうの男性がごくふつうの女性に愛を向けてゆくやり方に描かれています。

ところで私（先生）にも、ちょっとふつうじゃないとおもわれる描写があたえられています。作者漱石のふかい智慧のようにおもわれるのですが、私（先生）はだんだんその娘さんを好きになりますと、神聖で崇高な女性だというふうに、相手の女性を宗教的な感情に近いところまで美化していきます。どんな男性でも、好きな女性にたいして、だんだん美化をすすめていくのは、ごくふつうだといえばいえるのですが、もし霊と肉とか、性欲と精神的な愛というのが二つの極端とすれば、精神的な愛のほうへ、どんどん昇華していってしまうのが、私（先生）の愛のあり方のすこしふつうでないところだとおもいます。漱石はそんなふうに私（先生）の気持らの動きを記述しています。

それから、もうひとつ、私（先生）の愛のとり方でふつうでないところがあります。これもまた作者漱石のふかい智慧がこめられているようにおもわれます。たとえば私（先生）が学校の授業から下宿に帰ってきて、茶の間とか、娘さんの部屋で男の話し声が聞こえると、この私は、ガラッと障子をあけてだれだか確かめずにはいられない衝動をおぼえるのです。これもまた程度問題で、だれでも女性を好きになって、その女性の部屋で男の声が聞こえたら、気になってしょうがないことはあるのでしょうが、作者の描写によりますと、お客が帰ってから下宿の女主人や娘さんに、いま来ていたのはだれだみたいなことを確かめ、そのこと自体が笑われてしまうほどの状態になってしまうのです。もしこういうのを嫉妬心のあらわれといえば、これもふつうより度が過ぎているように描かれています。

こういう描写のなかに意識してか無意識にか漱石の作家としての人間洞察があると理解するほうが、作家漱石の性格造形の力能を高く見積ることになるようにおもわれます。もちろん無意識の性格描写だという理解もできるわけですから、ただの才気のあらわれだとしてもよろしいわけです。

Kのほうは娘さんにたいして愛情を抱いているんですが、言葉にも、態度にも、おクビにも出しません。それで、口にするときには、あの女はあまり向上心がなくてだめだとか、ばかにしたようなことばかりいって、けっして愛情をもちはじめたことを私(先生)に告げようとしない、そういう愛情のあらわし方をするわけです。ですからもちろん娘さんのほうでは、じぶんが愛されているとかんがえることはなくて、むしろKからはあまり好かれてないんじゃないかとおもっています。

「先生の遺書」の章の私、つまり先生の描写によれば、娘さんの部屋で男の声が聞こえたり、娘さんがKの部屋でしゃべりこんだりしていることが、だんだん私(先生)の気になる度合いが激しくなっていきます。もうじぶんで下宿の女主人に、娘さんと一緒にさせてくださいと、いつういおうかとおもうほどになっていきます。そのとき、ちょうどKから娘さんに愛情を抱いていることの焦慮感を告白されるわけです。

Kから告白されてからの二人はなんとなく気まずくなっていくのですが、そのとき私(先生)がじぶんもおまえとおなじように、あの娘さんが好きだ、どっちが彼女の心をえられるか比べてみようみたいにいえたら、たぶんそれほどのもつれは生じなかったのですが、Kから先に告白されてKが切ない心を抱いているのを承知していながら、私（先生）はKを出し抜いて、下宿の女主人に娘さんをもらいたいと申し入れてしまうわけです。それで下宿の女主人が前から私（先生）に信頼感をもっているものですから、すぐに承知してくれます。Kのほうは、下宿の女主人から、私（先生）のほうからそんな申し込みがあったので、受けることにした、喜んでくれというふうに告げられ、はじめて私（先生）に出し抜かれたことを知るわけです。Kは私（先生）をなじるほかにどんな術《すべ》もないことを知っているのはK自身と私（先生）のほかにないことになります。

Kは一言も私（先生）をなじることも、じぶんも好きなことは私（先生）も知っていたはずだとも口に出しません。これが私（先生）に生涯の罪の意識をあたえた理由です。そして外部にたいしてまったく封じられた私（先生）の背信の深さを設定しえたところに漱石の比類のない倫理性があるといえましょう。下宿の女主人は、私（先生）にたいして、どうしてKにそれをいわなかったのかと訊ねるのですが、そこでも私（先生）はKを出し抜いたことをどうしてもいうことができません。そのまえに娘さんを好きだというKの告白をじぶんのほうは知っていて、いついおうかとおもっているわけですが、いいだせないでいたわけです。

ところで、もうこれをいわないままでいることは、Kにたいする背信として耐えられないから、いつ打ち明けていおうかとおもいあぐねている、ちょうどそのときKは自殺してしまいます。遺書にはじぶんが失恋したから自殺したというふうには書いていないし、Kはそういう態度も外にあらわさないで、じぶんの心を秘めたまま頸動脈を切ってしまうのです。私（先生）は、そのことに衝撃を受け、それをいわば生涯の罪の意識としてかぶってしまいます。

娘さんとはさりげなく結婚するのですが、細君をみていることはKのことを思い出さずにはおられないことを意味するわけですから、細君になった下宿の娘さんにたいして、だんだん外から見たらわからないように冷たく離れるようになっていきます。ところが細君のほうはどうしてじぶんが嫌われているのか、どうして夫がじぶんに冷たい態度をとるのか、訊ねてみることがしばしばあるのですが、私（先生）は細君の心を動揺させることができず、打ち明けないで生涯の終わりに近づいてしまうのです。

心の動きの形而上学

ところで、「私」は、この作品の冒頭で学生のときに、先生と鎌倉の水泳場で知り合いになって、それからだんだん先生を尊敬するようになるわけです。そして先生には一種物寂しい感じがいつでも漂っていて、社会にたいして何かする意欲がないような生き方にみえます。ただお金に不自由がないために閑日月《かんじつげつ》を送っているようにしか映りません。ただよく勉強したり、学問をよく知っていたりしながら、何もしようとしない先生をよくわからないところがある人というふうにおもえて、だんだん親しくなっていくにつれて、先生も、その奥さんも、どうしてこんな物寂しい感じがするのか理解できないのです。「先生の遺書」というのは、「私」が夏休みに父親が病気で故郷へ帰っているときに、封書で送られてくるというかたちになっています。

読者のほうからこの『こころ』という作品をかんがえてみて異常だとおもえるところがあります。それは一人の女性をめぐる愛で仲のいい友達を出し抜いてしまって、親友がそのためかどうかはほんとうはよくわからないで、たぶんそのこともあったために自殺したという出来ごとがあったとして、それが生涯の罪障感になるといったことが人間にありうるだろうかということです。つまり、その程度のことで生涯にわたり罪の意識を抱いて、そのあげくに自殺してしまうというのは、どうも現実的にはありえないのではないか。そういう疑問を感じないことはありません。また逆にこの先生のもっている心の動かし方ならば、もう少し薄められたかたちで、だれにでもあるんだというふうにいえそうな気がするのです。

あまり具象性がない書き出しの仕方を、冒頭で漱石はしていますが、これはやはり心の動きの形而上学を物語にしたみたいに読むより仕方がないので、実際にこのような心の動かし方をする人物がいるというふうにかんがえると、つくり過ぎだということになるのかもしれません。ただ、心の動きとしては、だれのなかにも、先生ほど鋭敏じゃなくても、こんな感じ方があるといえそうな気がします。

明治天皇が亡くなって、乃木大将夫妻は大喪《たいそう》の日にあとを追って自害しますが、そのことに先生は遺書の最後で触れています。どういう触れ方をしているかというと、乃木将軍の遺書には、じぶんは明治十年の西南の役のとき、軍旗を反乱の薩摩軍に奪われてしまった。ほんとはそのときに責任をとって死ぬべきところだったんだけれども、生きながらえて今まで来てしまったというふうに書かれているわけです。そうすると、この作品によれば、三十五年間、死ぬべきところを生きながらえて死んだ人がここにいるということになります。この場合の罪の意識とは、公的に影響のあることについての責任の意識です。社会的責任とか軍人の責任の意識として自殺したことに該当するとおもいます。

ですから、作品の先生のように、じぶんと親友とのあいだで一人の女性をめぐって葛藤を演じ、その親友を出し抜いてしまったという、まったく私的なことで生涯の罪の意識をかぶって自殺した人物というのは、夏目漱石がつくった、この先生という人の心の動かし方のなかにしか真実はないということになります。

漱石的な三角関係

『こころ』という作品は、今でもいちばん読まれているそうですが、この作品を読んだ印象を一言でいえば、何か先生という人物の罪の意識だけがまっ暗闇のなかでちょっと光っているという画像が強烈にのこります。それ以外の具象性は、あまり造形的に成功しているとはおもえないのです。それほどの具象件がある作品とはおもえないんですが、ただ人間の罪の意識みたいなものがぽーっと闇のなかに浮かびあがっているイメージが読後の印象としてのこります。

漱石の作品でいえば、『それから』からはじまり、『門』、『彼岸過迄』、『行人』というふうにやってきたテーマは、ぜんぶ一人の女性をめぐる二人の仲のいい男どうしの葛藤の物語です。『それから』の例でいえば、親友からあの女性が好きだと打ち明けられて、じぶんもその女性が好きだという感情をおし殺して、親友と女性とのあいだをとりもつみたいなかたちになっていきます。『こころ』とまったく逆の心の動かし方をして、あとになって、その結婚した親友と好きだった女性がうまくいかなくなったときに、今度ははじめて主人公はその女性にたいする押さえつけていた恋情を露わにしてきて、親友の細君になっている女性を奪ってしまうというのがテーマになっています。『それから』からはじまって、この『こころ』にいたるまで、漱石は終始一人の女性をめぐる親友どうしの三角関係に固執するわけです。少なくとも成熟期のいちばん活発に創作活動をした時期に、漱石はどうしてこういうテーマに固執したのかということが、謎の中心になるとおもいます。

漱石のこのテーマにたいする執着はいわゆる姦通・不倫小説が近代小説のひとつの主要なテーマなんだという言い方では済まされないものがあります。漱石的な三角関係は、姦通の一般性に当てはまらないと僕はおもいます。また西欧の小説では、漱石が主人物たちにあたえているような罪障感が、作品の全体として最後に闇のなかにぽっとのこるというようなことはないといえそうです。そこでは姦通はそれなりに愛のきわどい技法の問題に還元され、罪も罰もない愛の奪い合いがどんなかたちになるかの問題になります。漱石のばあいは、これとはまったく異質な罪の意識の発生から、その死までの罪の一生の物語です。

専門の漱石研究家は、具体的に漱石にはそういう経験があったんじゃないかというかたちで、伝記のいろいろな部分をつっ突いています。たとえば漱石が、その女性が死んだとき唯一文章に公に名前を記して、その女性に触れて、哀悼の意を表しているのは大塚楠緒《くすお》という女流作家です。漱石の文章を読みますと、漱石がこの人に好意をもっていたんだろうなということはすぐわかります。

ちょうど、漱石と奥さんとが夫婦げんかしている、そのすぐあとに、双方ともおもしろくない感情のところに、大塚楠緒が偶然訪ねてきます。漱石は仏頂面《ぶっちょうづら》をして書斎から出ていかない。そして大塚楠緒は奥さんと世間話をして帰っていく。ふつうならばそれはそれで仕方ないじゃないかということなんですが、漱石はわざわざそのあと大塚楠緒のところに訪ねていって、あのときは失礼した、ちょうど細君とけんかをしていて、それでおもしろくない感情でいたものだから出ていかなかったというふうに、挨拶をしています。そういうことは一般的に、男性の心の働かせ方からすると、好意をもっている異性にたいしてしかしないものです。この女性には悪くおもわれたくないなという感情がなければ、こういうことはしないんですが、漱石はそうしたことを追悼的な文章のなかで回想しています。

この人は、大塚保治《やすじ》という友人の奥さんになっているわけで、そういうことからよくよく探っていくと、三角関係みたいな感情があったんじゃないかといっている研究者もいます。それから初期の嫂《あによめ》との関係から、そういう痕跡を探ろうという研究者もいます。どこかに現実的な体験がなければ、作家活動の主要な部分を占めるぐらいの重さで、この種の三角関係の葛藤の問題を描くはずがないとおもえるので、その痕跡を実生活に探ろうというモチーフが研究者にでてくるのだとおもいます。僕なんかはそうじゃなくて、漱石の資質が主な原因じゃないかとかんがえるのです。

漱石の資質——パラノイア

漱石には、パラノイアというふうに医者がいっているものですが、そういう妄想的な神経症の傾向があります。その資質的な傾向がとてもおおきな意味をもって、この系列の作品を支配しているんじゃないかとおもうのです。少なくとも成熟期の作品を支配しているのは、漱石の資質がもっているパラノイア的な妄想形成の神経症がかかわっているんじゃないかと推論します。これをもう少し敷衍《ふえん》しますと、パラノイア的ということの特徴は二つあるとかんがえます。

ひとつは、今いいましたように、追跡妄想とか、恋愛妄想とか、つまり妄想を形づくる傾向があるということです。これはどういうことかといいますと、その妄想を形成してきますと、ほんとはそうじゃないのに、そういうふうに見えたり、聞こえたりということがありうるわけです。漱石は、しばしば実生活のなかで、そういう状態に陥ったことがあります。とくに奥さんが描いている『漱石の思い出』をみますと、初めから終わりまでおかしかった、すべて妄想のなせる振る舞いということになっています。

たとえば、火鉢があって、向こう側に長女がいて、五厘銭《ごりんせん》か何かそこに置いた。火鉢のこちら側に漱石がいて、いきなり娘をひっぱたいちゃうわけです。娘のほうは、なぜひっぱたかれたか全然わからないで泣き叫ぶわけですが、奥さんの追及にたいして漱石が答えています。じぶんの英国留学時代にロンドンの町を散歩していたら乞食がいて銭《ぜに》ごいをした。じぶんは銅貨を一枚、その乞食にあげて下宿に帰ったら、下宿のトイレの窓のところに、それとおなじ銅貨が置いてあった。漱石は、これは下宿の女主人が、おれのあとをつけてきて、おれが乞食に銅貨を一枚恵《めぐ》んだというのを諷刺するために、つまりおまえのやることはぜんぶ知っているよというふうにいうために、トイレのところに銅貨を置いておいたんだと、そう漱石は解釈するわけです。パラノイア的になってきたときには、そういう関係づけの妄想がおこります。

ところが、火鉢の向こう側にいたじぶんの娘が銅貨をこれ見よがしに置いているのは、ロンドン時代のそれがぜんぶ結びついて、おれが下宿の女主人からそういうふうに追跡されたのを知っていて、わざとその五厘銭を置いたんだと解して、ひっぱたいたというわけです。つまり、この種の妄想の連結の仕方は、漱石はしばしば実生活のうえでやっております。『吾輩は猫である』のなかにもずいぶんその種の場面は出てきました。

パラノイア的な妄想形成の神経症のもうひとつの特徴があります。それは同性愛的ということです。つまり、漱石には同性愛的な傾向があったという理解になります。病理学的にいえばそうなりますが、もう少し広げて、精神の持ち方としての同性愛というふうにかんがえればよろしいことになります。そのほうが漱石らしくていいような気がします。そうすると、どういうことになるかといいますと、漱石にとっては、人間の世界というのは、すべて均質な、同質な性として見えていて、女性と男性という考え方は、漱石のなかではあたう限り少ないのです。漱石のそのすべては均質な性をもっている人間なんだという認識の世界、あるいは感覚の世界のなかに女性がはいってくるばあいには、その均質な性の世界と違うところからやってくるみたいな感じ方が漱石にあります。そう理解すると、漱石の妄想形成の仕方が理解しやすいんじゃないかとおもいます。妄想形成のばあいにじぶんを憎悪して追跡してくるもの、あるいはじぶんに何か妄想的なことをささやくものは、かならずじぶんが愛情をもった人とか、尊敬している人とか、親しい人に限るわけです。妄想性じゃないときには、尊敬していたり、親しかったりというような人が、妄想中はじぶんを迫害し追跡する者の役割を担うというのが、妄想形成性の神経症の特徴だとおもいます。

生涯のいちばん重要なテーマ

漱石のばあいも、まったくそういうふうにいうことができるとおもいます。漱石が三角関係のなかでかならず罪の意識にこだわり、三角関係の一人の女性をめぐる二人の男性がいつも親しい友達だというかたちは、そこからくるのではないでしょうか。この妄想形成性の人間世界はホモジーニアスな、同性愛的な性の世界に見えるという人間認識があります。

そうすると、『こころ』という作品の世界は、もう少し突っ込んでかんがえることができます。親友のKを私（先生）が出し抜いて娘さんと一緒になる、そのことがどうして罪の意識になるかというと、Kがじぶんのごく親しい友達だったということに由来します。つまり、同性愛的な親密感を、親友のKにたいしてもっていたということが、たぶん、私（先生）が生涯に罪の意識を抱いて、最後に自殺してしまう原因になっているという解釈が成り立ちます。それからまたKも、私（先生）とのあいだにその娘さんをめぐってでも、めぐらなくても、一種同性愛的な親しさみたいなものをもっていたということが、やはり自殺してしまう原動力になったんだという解釈の仕方ができます。

漱石自身はそういう解釈をしていなくて、文字通り私（先生）が、親友のKからその娘さんを好きだということを告白されて知っているのにかかわらず、それを知らない振りをして、先に出し抜いて娘さんと一緒になる約束を取りつけてしまった。そのことが生涯にひっ掛かった罪の意識の問題になったというふうになっています。勝手な読み方をするとすれば、問題はそうでなくて、Kと私、つまり先生のあいだの同性愛的な親しさが、娘さんが介在して私（先生）に結びつくことで破壊されたために、Kに自己抹殺が萌《きざ》したということになります。

ごくふつうに西欧近代文学における姦通・不倫小説が、一人の女性をめぐる二人の男の愛のかけひきになるというのとは、たいそう違っています。そこでは罪の意識も問題になりませんし、片方が自己抹殺したことが生涯ひっ掛かってじぶんのほうも生涯のあとになって自殺してしまうみたいなかたちは、ふつうの姦通小説というのはとりうるはずもないわけです。しかし『それから』という作品でも、『門』という作品でもおなじことがいえます。そこの場面へいきますと、漱石の描写力は、ちょっと無《む》類《るい》の白熱性を帯びてきて、これは類例のない作品だよというふうに読めることになります。芥川は漱石のこの系列の作品のモチーフを、後進地域の「開化」の問題として理解しようとしました。充分に根拠のある解釈だとおもいます。

『こころ』という作品が、今でもたくさん読まれるのは、ひとつは構成の仕方がとても単純で、「私」という人物が、以前、先生と知り合いになるところから回顧に入っていって、先生の遺書までいっておわる単純さにあるとおもいます。けれどもうひとつはやはり、先生の遺書のいちばんのクライマックスでの一人の女性をめぐる親友どうしの二人のあいだの葛藤の仕方と結末のつけ方がたいへんな迫真力をもっている、その真実らしさに理由があるのじゃないかとおもうのです。これは、作家漱石の資質の悲劇がからみあった生涯のいちばん重要なテーマだったといえそうです。

漱石の実生活のなかに、そういう場面はどこかにないかというような探り方も、もちろんありうるわけでしょうし、また新しい資料的なものが見つかったりすることもありうるでしょう。でも今まで知られている漱石の伝記的事実のなかでは、まずこういうような体験的な事実があったということはたいへん難しいようにおもいます。漱石の作品の迫真性といいましょうか、真実らしさとか、白熱性というもの、それから、漱石夫人が回想している文章のなかの実生活上あった出来ごとをかんがえあわせますと、資質としての悲劇に、漱石が固執した根本の理由があるんだというふうにおもわれます。

そういう面からみた作家漱石は、ときどき反復してやってくる病気なんだということができます。漱石には正常な、あるいは健康な生活人というものが背景にあって、ときどきあることをきっかけに、そういう状態に陥ります。だけど、それをどこから抜け出てゆくのかということを漱石はとてもよく心得ていたとおもいます。漱石のこの資質を、遺伝的な要素としていってしまえば、これはどうすることもできないことになってしまうわけです。そこでは文学は何かいうことができないし、いうべき言葉をもっていないわけです。何も理解することができないし、またそれを第一義的に重要な問題なんだというふうにいうこともできないとおもいます。

文学がその問題について何かいえるとしたら、一種の乳幼児期の体験、あるいは生い立ちの問題として出てきたばあいです。漱石自身がそういうふうにかんがえたかどうかはわからないのですが、しかし漱石は、この『こころ』を書きまして、そのあとにすぐ『硝子戸《ガラスど》の中《うち》』という随筆を書くんです。それを抜かせば、これから申しあげる『道草』という作品をその次に書くわけです。その『道草』という作品で、少なくとも漱石は幼時体験としてのじぶんの資質形成のあり方というのだけは、生涯ではじめてかなり詳細にえぐり出しているといえるかとおもわれます。

『道草』

はじめてじぶんを素材に

漱石は『道草』ではじめてじぶんと家族の生活を素材にのせました。『こころ』がじぶんの資質を形而上学にして、闇のなかにぽっかりと浮かびあがらせたとすれば、『道草』は逆に形而下の日常生活に分布したこころの孤独な姿を描いたといってよいとおもいます。舞台になったのは、その時（晩年）の家庭生活じゃなくて、留学から帰ってきて本郷区千駄木に居を定めた壮年時代の家庭生活です。漱石の作品ではじめてたった一作だけそういうことをやっています。

幼年時代に養子にやられたさきの養父が、落ちぶれて主人公健三の家の近辺に姿をちらちらさせるところからはじまり、作品の横糸になっていきます。はじめは道端で偶然見かけるんですが、そのあと健三の家に代理人を寄こしたり、じぶんでやってきたりして、あなたは偉くなったんだから月々いくらかずつ貢《みつ》いでくれないかといってみたり、以前のように交際してくれないかと申し入れたり、幼児のときに、おまえをずいぶんよく世話したし、なんでもいうことを聞いてやった恩を忘れないでもらいたいみたいな脅迫がましい言い草になったりします。養父が罪障感のように健三の身辺に見えかくれして、最後には手切れ金を渡すことで、今後いっさい交際をお断りするということで、養父のしがらみを逃れるところまでこの横糸はつづきます。

作品を縫う縦糸もまたかんがえることができます。あまり仲のうまくいってない健三夫婦の日常生活のあいだに演じられる葛藤です。この主人公夫婦の仲の悪さ、行き違いを、よくよく確かめてみますと、パラノイア的に被害妄想や追跡妄想をときどき演じる主人公健三と、ときにヒステリーをおこして自殺しかけたり、奇妙なことを口走ったりする細君とがつくっている家庭なので、とうていうまくいくはずがないということなのかもしれません。

そんな家庭生活のなかに、漱石自身が、健三という名前で自伝的に出てきます。健三の生い立ちがひきずっている、養父をはじめさまざまな影や、しがらみがすべて濡れた衣裳のようにまとわりつきながら露出してくるのです。たぶん自伝的事実に沿っていて、フィクションはこういう個所ではこしらえてないとおもいます。

主人公健三の乳幼児期からの体験が、はじめてあからさまに作者の自伝そのままに出てきます。父親と母親は、漱石が年老いてから生まれたいわゆる「耻かきっ子」というので、世間体を恥じて里子《さとご》にやってしまいます。それからまた養子に出されるのですが、それは漱石が三歳くらいのときです。養父は作品では島田という名で出てきます。父親がかつて、五年間ぐらい養育してやった人物なんですが、いまは浅草あたりで戸長《こちょう》をしています。やがて養父はじぶんの役所で働いていた未亡人を囲ったりしたため、細君と仲たがいになって離婚します。そのもめごとがあまりにひどくて、養家から実家へひきとられて帰ってきます。けれども、実家の父親はちっとも喜ばないで、厄介な荷物がまた返ってきたという感じしか態度にでてきません。そしてじぶんたちをお祖父《じい》さん、お祖母《ばあ》さんと呼ばせます。

養父は、健三の戸籍をすぐには抜いてくれず、そのあとも健三の名前で借金をして、利用したりします。養父にいわせると、健三を養育していたとき、わがままいっぱいのことをさせ、何が欲しいといえばなんでもいうなりにあたえて可愛いがってやったというのです。健三はわがままがきかなくなると、道路でもどこでも寝ころがったり、座り込んだりして、泣きわめくとか、ある朝、おしっこしながら、寝惚けて縁側から落ちて腰を傷めたこともあったとか、そんな子供だったということになります。健三の暗い記憶のなかでは、逆に養母は、養父に新しい女ができた後で、身を粉にしても仇討ちをしてくれるんだよみたいなことを吹き込んだり、人が訪ねてくると、そこで話題になった人のとてつもない悪口をいったりするくせに、お客が帰ったあとで、偶然にその人がやってくると、途端に態度が変わっちゃってお世辞をたらたらいうというようなたいへんな人柄で、嫌な思い出しかないのです。

健三の幼時の記憶では養家にあっても、実家に帰ってきても、気持ちが安らぐときはすこしもありません。もちろん生まれたときにも、あまり愛情をもって扱ってくれず、四谷《よつや》の古道具屋に里子に出されて、夜店の籠のなかで店晒しになっていたというようなことがありました。漱石の赤ん坊時代、それから幼年時代がどうかんがえたって惨憺《さんたん》たるものだったことが、『硝子戸《ガラスど》の中《うち》』や、作者の自伝的な事実をこめて、『道草』ではじめて描かれています。

また『道草』には、ぜんそくの発作で悩まされている健三の姉や、小役人をしている体の弱い、若いときの放蕩三昧《ほうとうざんまい》の反動で無気力になった兄なども登場します。健三にとっては、過去をひきずっているじぶんの周辺は、三分の一はなつかしいけれども、三分の二は嫌悪に充ちた世界だというふうに、『道草』のなかでいわれています。健三の病気らしい精神の異常な動きは、『道草』のなかではふれられていません。ただ、小説のかたちを借りてはじめて作者漱石の自伝的な生い立ちのすさまじさだけは、詳細に描かれているのです。

細君のヒステリー

健三の細君が、ヒステリーの発作をおこす場面はたびたびでてきます。健三と細君とのこころの行き違いが緊張の極に達したとき、かならず細君（お住《すみ》という名）がヒステリーの発作をおこすきっかけになります。だから細君のヒステリーは、健三にとってはとても救いになっているのです。細君がヒステリーの発作をおこして意識がわからなくなってくれる。そうすると、そのたびに健三は看護をしながら、細君の回復を願って天に祈りたい素直な気持ちになったり、優しい気持ちが細君にたいしてわいてきたりします。

細君のヒステリーがひとりでに、あまり仲のよくない夫婦を和解させる仲だちになるという描写の場面は、たぶん『道草』のクライマックスの描写だといっていいとおもいます。ヒステリーというのは、どういうヒステリーでもおなじようなものですが、細君が目を虚《うつ》ろにして、どこを見ているのかわからなくなってしまい、ときどきは、おてんとう様がやってきたとか、私の死んだ子が迎えにきたから行かなくちゃとかいうような譫言《うわごと》をいったりします。健三にとってはとてもこわいわけですが、一面では、そういうときにはじめて細君に憐れみとか、愛情とか、それから早く治ってくれと天に祈りたいような気持ちがおこって、健三は、じぶんがじぶんで善人だとおもうことができるのです。それがないときには、じぶん自身でも善人だとおもえない突っ張り方を細君にしますし、細君のほうもまた、じぶんに心をひらいて口をきこうともしないといったかたちで日常生活は過ぎていきます。

健三のほうからすれば、たとえば、家計費が足りないということで余計に稼いできて、細君にそのお金を渡すとき、細君が礼をいってそれをうけとってくれたら、じぶんはむくわれるのにとおもいます。細君のほうでは、お金を渡してくれるときに、すこしはいたわりの言葉といっしょにくれたらどんなに嬉しいかとおもうわけです。でも夫は何もいわないで、呉《く》れてやるといったふうにお金をじぶんに渡すだけです。いたるところでそんなふうにこころが行き違う雰囲気がよく描かれています。どこの夫婦だって似たりよったりなものだといえばいえるわけですから、どこにも特別なところはないようにみえます。ただこころの行き違いの果てに細君が緊張の極みでヒステリーの発作をおこしてしまうところは、もしかすると一般の夫婦にはない特異なところといえるかもしれません。

漱石の時代には、ヒステリーは今ほどはっきりわかっていなかったとおもいます。この『道草』の細君お住のヒステリー症で、健三の責任とはいえないことがひとつだけあります。それはヒステリー症について、現在ならばわかっているとおもわれることです。ヒステリー症の発作の症状は、その人がたぶんあまりじぶんでも気づいてない幼年期までにあった性的な体験の痕跡です。つまり、たぶんあまりいい体験じゃないんだとおもいますが、その体験の場面をなんらかのかたちで再現したものがヒステリー症における発作の症状だということは、今ではわかっていることだとおもいます。

そうすると、細君お住のヒステリー症は、たぶん幼時体験の何かとかかわりがあるわけで、健三自身にはどうすることもできない事柄だという面がありそうです。お住がヒステリーになると、健三自身はじぶんの責任なんだ、じぶんがふだんいたわる気持ちにどうしてもなれないから、心の緊張が激しくなってヒステリーをおこしてしまうんだとかんがえて罪の意識をもち、こういうときだけは細君にたいして和解する優しい気持ちになるのです。

立体的な私小説

『道草』という作品は、たいへん私小説的に読むことができますし、その読み方は間違っていないとおもいます。ただ自然主義の系統の私小説作家が描く私小説とは違っています。どういうところが違うかといえば立体感が違うんです。つまり漱石は、こういう私小説的な素材を扱い、そしてなかに書かれている事実も、事実関係だけ拾えば、ほとんど間違いなくじぶんたち夫婦の家族生活の実体験を描いているのですが、それにもかかわらず、この『道草』という作品は私小説作家の自己告白をまじえた、平面的な作品の世界にはなっていません。つまり、それは漱石の力量といえば力量なんですが、違う面で、どうして立体的な作品に感じられるのかちょっと申しあげてみたいわけです。

内容的にというよりも、文体的にいってみたいのです。もちろんどこをとってもいろいろな言い方ができるわけですが、ひとつその例を挙げてみます。作品のなかで、健三の留守中に、訪ねてきた長太郎《ちょうたろう》という兄と、それから細君のお住が、二人で健三との結婚のときの思い出をしゃべりあうところがあります。

「雌蝶も雄蝶もあったもんじゃないのよあなた。だいち御盃《おさかずき》の縁《ふち》が欠けているんですもの」

「それで三々九度《さんさんくど》をやったのかね」

「ええ。だから夫婦中《なか》がこんなにがたぴしするんでしょう」

兄は苦笑した。

「健三もなかなかの気むずかしやだから、お住《すみ》さんも骨が折れるだろう」

細君はただ笑っていた。


ふつうならば、こういうふうになるわけです。作者がいて、健三がいて、兄がいて、お住がいて、たまたま健三が留守中であるわけですから、作者のほうから描写するばあい、たとえば、「兄は苦笑した」という言い方でなくて「健三の兄は苦笑した」といわないと正確ではないわけです。それから、それをうけて健三もなかなかの気むずかしやだからお住さんも骨が折れるだろう、というふうにいわれて、「細君はただ笑っていた」というふうに書いてあるわけですが、この場合にも、ほんとうをいえば、「健三の細君はただ笑っていた」というふうに書かれるべき位置であるわけです。

ところが、ここの文体をみれば、「健三の」という言葉はぜんぶ省かれています。両方とも、「健三の細君は」とか、「健三の兄は」というのがほんとうならば書かれなければ、健三の留守中に二人は話しているわけですから、厳密ではないでしょう。だけれども、厳密ではなくても、もちろんいいじゃないかということがあるわけです。つまり、「兄は」といったっていいし、「細君は」とただ書いたっていいわけです。でも、その場合に「兄は」と書き、「細君は」と書いても、それは作者の場所から「健三の兄は」「健三の細君は」といっているのとおなじ位置での描写でなくてはいけないということだけは確かです。つまり、「健三の」という言葉を省くか省かないかは、どうでもいいわけですが、ただ省いても省かなくても、作者がいま、健三の留守中に健三の兄がやってきて、健三の細君と会話しているんだよという会話を書いているんだ、というふうに書かれていなければならないことは、とても確かなことだとおもいます。

ところで、もう一回読んでみましょうか。「雌蝶も雄蝶もあったもんじゃないのよあなた。だいち御盃《おさかずき》の縁《ふち》が欠けているんですもの」「それで三々九度をやったのかね」「ええ。だから夫婦中がこんなにがたぴしするんでしょう」兄は苦笑した。「健三もなかなかの気むずかしやだから、お住さんも骨が折れるだろう」細君はただ笑っていた。

——となっています。

どういうことかといいますと、健三の兄と健三の細君が会話をしているところを描写している場所から比べて、もっと描写の距離が詰まって、文体自体は身を乗りだした文体なんです。何か兄と細君が話し合っている場面が、すぐにそこに即座に出てきちゃうぐらいに、身を乗りだした場所の文体だということがとてもよくわかります。けっして作者が、健三の兄と細君が健三の留守中に会話するのを描写しているんだというふうではなくて、もっと接近した、身を乗りだした場所の文体におのずからなっています。つまり、どういう言い方をしてもいいんですけれども、行動的な文体というふうにいえるとおもいます。

『道草』という作品は、ふつうの私小説作家が自伝的なことを書いたときの描写のあり方、あるいは作品のあり方と違って、描写しているはずの作者のほうが身を乗りだした場所におのずから文体がなっていて、そのことがたぶん、この『道草』という作品を立体的なものにしているんだということができます。これは内容的にも、もし探ろうとすれば探れないことはないんです。しかし、いちばん肝心《かんじん》なのは、この上向的文体、つまり作者の場所というのを混沌として身を乗りださせてしまう描写の位置が、この作品に立体感をもたせている理由だということです。

めったにない夫婦の物語

漱石夫人の書いた、『漱石の思い出』をみますと、そこでは、奥さんのほうは、じぶんのヒステリーの発作については、終始一貫なんにも語っていません。そのかわり、漱石の追跡妄想みたいなものについてはたいへん詳しく書いてあります。ですから、『道草』という作品を読むとき『漱石の思い出』を対照しながら読みますと、夫婦のどこらへんに事実はあるのかがとてもよくわかります。

『漱石の思い出』という奥さんの本に、じぶんのヒステリー発作のことが書かれていません。別に文学者じゃないですから、書かれていなくたって、いいといえばいいんですが、それでもちょっとおかしいなとおもいます。たんに悪妻たるじぶんを隠蔽したいみたいなことだけではなくて、じぶんがもっていた資質が、夫婦生活のなかでどういう役割をもっていったかということは、やはり述べられていないと、一面的なもののしかでてこないわけで、これは『道草』という作品のなかで、細君のヒステリーのところはたいへんよく書いてありますが、健三自身の追跡妄想や被害妄想についてはあまり書いてないということと表裏をなすような気がします。

健三が癇癪をおこすところは書いてありますが、それはせいぜい庭に置いてあった、娘さんが縁日か何かで買ってもらって育てていた草花の鉢を蹴っ飛ばして落として壊しちゃった、それで、健三は、そのあとすぐ後悔するという描き方です。追跡妄想的なところはちっともでてはきません。ロンドン時代のことも書いてあります。少ない留学費を節約しながら生活していたので、よくサンドイッチを店で買って、公園のなかをふらふら歩きながら、それをかじって食事のかわりにしたとか、労働者たちがよく出入りする一膳飯屋《いちぜんめしや》で食事をする体験があったというようなことは、『道草』のなかで描写されています。つまり、子供時代から壮年時代までのじぶんの心にひっかかっている体験は、ことごとく『道草』のなかでてきます。ただ追跡妄想的な発作についてはひとつも触れていないのです。

『漱石の思い出』を照らしあわせるようにして、『道草』という作品を読んでみますと、作品にでてくる主人公夫婦は、やはりたいへんすさまじいものだなあという感想をもちます。どの家庭だって大なり小なりすさまじいんでしょうが、一般的にいえば、資質的に救われているということがおおいわけです。ところが漱石夫婦のばあいにはどちらも病気だというふうにいったほうがいいくらい、資質的な救いは存在しないといえます。こんなすさまじいことは、一人の男と一人の女がまれな組み合わせでくじに当たればありえるでしょうが、やはりめったにない非凡な夫婦の物語ということができるとおもいます（笑）。

そこで作品の縦糸のほうのもつれは、いつ解けるのかわからないので、作品が終わったあとの歳月もまだつづきそうですが、横糸のほうは金をせびりにくる養父に最後には、もうとてもかなわないという感じで、手切れ金をあげて、証文みたいなものを書かせて、交際を打ちきることになり、過去からの罪障感のような影やしがらみを断って、解決するところでおわりがきます。細君のお住のほうがやっとこれでつきまとっていた人から逃れましたねみたいなことをいうのにたいして、健三は、世の中に何ひとつ片づくことなんてないんだと作品の最後のところでつぶやきます。

この『道草』という作品は、漱石にとっては特別な自伝を反映させた作品で、ほんとうの動機はわかりません。『こころ』を書いてしまったあとでじぶんの生い立ちとか、資質とか、それからじぶんと細君との営む家のかたちみたいなものを洗いざらいはっきりとだしてみたくなったということなのか。あるいは、それほどの意図はなかったのかどうかわかりません。ただいえることは、『道草』を書きはじめたときには、漱石は疲労といいましょうか、老いといいましょうか、そんな思いを感じだした時期にあたっているとおもいます。

漱石の絵と書

ですから、『道草』という作品も、このあとの未完のまま終わった『明暗』も、作品自体はなかなか筋縄ではいかなくて、深刻な場面がいたるところにでてくる作品なんですが、漱石は、この時代にはいったときに、作品を書きながら一方では、絵をかいたり、書をかいてみたり、あるいは青年時代にたくわえた漢文の素養を発揮して、漢詩を書いて、一種のゆとりのような余技に打ち込んでいます。

漱石の絵は、そんなに上手だとはおもえないし、また病的なところがあります。ただ漱石の書は上手です。明治以降で、書の上手な文学者は、二人いるとおもうんです。一人は漱石です。一人は田山花袋です。この二人の書は、ちょっと文士が余暇に習ってかいたんだというレベルではありません。花袋と漱石は、専門のレベルでしょうし、また別な意味でいうと、専門の書家の臭《くさ》みみたいなのがないとてもいい書だとおもいます。

それから、漢詩もとてもいいものです。素人がみても、ちょっといいぜみたいなふうにいえるところがあります。もちろん専門家はずいぶん高く評価しているようにおもいます。たとえば吉川幸次郎みたいな中国文学者は、わざわざ注を書いているくらいです。これもある意味では余技を超えているとおもいます。人によっては『道草』とか『明暗』よりも、こちらのほうが芸術品としてレベルが上だという人もいるくらいです。でもこれは、漱石が、老いということと、疲れということに近づいていったはずみだとおもうのです。この時代の漱石が、「則天去私」、つまり天にのっとって私を去るというのが、感じ方の理想なんだと弟子たちの木曜会の集まりのときに語ったと伝えられています。それは、この『道草』、『明暗』を書いたときに、同時に裏側で書とか漢詩とか絵とかをかいていた漱石が、じぶんの理想として描いたところのような気がします。つまり、「天に則して私を去る」ということは、別な言い方をすれば、運命ということにたいして従順でありたいといいましょうか、あるいは自然に振る舞いたいということをいっているんだとおもいます。

この『道草』という作品には、とうてい、そんなふうに振る舞えている登場人物が出てくるわけでもなんでもありません。けれども、そういうふうに振る舞いたい漱石が、じぶんが引きずっている過去をどんどん総ざらいにさらって、心のなかが透明になるまで書きあらわしてしまいたいといいましょうか、運命に従順になるための一種の自己浄化の作業として、『道草』が書かれたというふうにいえなくもないとおもいます。

先ほどヒステリー症が、幼時の体験、特に性的な体験とかかわりがあるというふうに、今だったらいえると申しあげましたが、それとおなじように、パラノイア的な追跡妄想の感じ方はたぶん、幼児期に、もっと遡れば乳児期の体験とかかわりがあることが、今ならばかなりよくわかっているとおもいます。そうしますと、『道草』のなかに描写されている、漱石の乳幼児期の体験は、パラノイア的な妄想が発生してくる根源と関係が深いといえそうです。

どう関係しているかいってみますと、壁が低くなった、あるいは、閾値《いきち》が低くなったということのようにおもいます。つまり、ふつうの人でふつうの育ち方をして、たとえば、生まれて、母親のお乳を飲んでかわいがられて育って、離乳食に自然に移った人では、衝撃的なつらいことにも耐えられる壁の高さがありますから、その壁をこえてこころの異常をきたすことはありえないのです。その壁の高さをつくるのは、もちろん母親、あるいはそれにかわる近親との乳幼児のときの正常なかかわりが第一なんだといえましょう。うまく育ったとすれば、その壁は高くなっているとおもいます。なみたいていの苦しい目に遭っても、たいていの人はおかしくならないでひき返せるわけです。漱石のばあいには、自伝的なところをもっと突き詰めればなおさらよくわかるにちがいないとおもいますが、壁が低くなる条件がそろっていることが『道草』の健三の描写からとてもよくわかります。ちょっと心が緊張にさらされるようなことがおこると、壁はすぐにこえられてしまうことがおこりうるわけです。

それから、もうひとつ同性愛的といいましたが、人間をぜんぶ均質な性としてみてしまうというのは、この壁が低いということとかかわりがあるとおもいます。つまり、そのあたりのところは漱石時代よりも今のほうがよくわかってきたところではないでしょうか。少なくとも漱石は、直接にはじぶんのパラノイアを作品のなかではあらわしませんでした。しかし『道草』では乳幼児期の育ち方から、思春期、それから壮年のロンドン留学時代の生活の苦しさみたいなのまで、じぶんの資質のつくられ方にかかわりのあることについては、ぜんぶ洗いざらい描きだしています。漱石的な世界の総ざらいが近づきつつあることは、『道草』という作品を経ていよいよはっきりしてきたといえるのではないでしょうか。

『明暗』

小説らしい小説

いちばんあとに『明暗』という作品の話だけがのこりました。この作品の途中で漱石自身は亡くなったわけですから、いろいろな問題を取りだせるとおもいます。『明暗』を最後まで書きつづけたとして、どんな作品になっただろうかということもまた、さまざまな批評家がかんがえてみたり、空想をたくましくしてみたりしてきたことです。近年『明暗』の続篇を書いた人もいます。未完のまま投げだされたことが、いろいろな想像を刺戟するのだとおもいます。

しかし、それだけじゃなくて、『明暗』にはひとつ特色があって、それが未知感を多様にさせるのです。漱石の作品には漱石自身のこころや理念の分身とおもえるものを幾分か投入された主人物が出てきたり、あるいはなんらかの意味で漱石の感情とか、理念を、登場人物に移入してあるわけですが、『明暗』だけはそういうことがないのです。つまり、ある意味では、漱石にとって初めての小説らしい小説を書いたというふうにもいえますし、初めて、どんな登場人物でも、相対的な目でながめるひとつの視点を獲得したともいえます。

たいていはじぶんで主要人物のなかに身を乗りだしていって、作品のなかで活動しちゃうわけですが『明暗』だけは、ごくふつうの人物を描きだしていて、漱石らしい狂気じみた人も　また非凡な人も、それから神経症的な言動の人も出てきません。初めて漱石自身の影は作品の外に置きまして、相対的にふつうの登場人物を描いていくことをやっています。

だから、そういう意味で、漱石の作品のなかでたいへん特異な作品だといえるのです。それから、もうひとつは、漱石が芸術的にといいましょうか、たいへん円熟したときですから、作品の構成上で破綻が少ないということでは、いちばんいい作品なんじゃないかとおもいます。それが未完のこの作品の結末を読者に空想させるのだとおもいます。

『明暗』はこんな新しい問題をはらんだ小説なんですが、残念なことに漱石自身は、持病の胃を悪くして、もう終えることができずにしまったわけです。もし書きつづけられていたら、どんなことになるか、時間があれば申しあげてみます。『こころ』、それから『道草』の延長線で『明暗』を理解したらというところから入っていきます。

宿命――偶然と必然の間

『明暗』の冒頭に近い二章目のところで、漱石は、ポアンカレーの『科学と方法』の偶然論を取ってきます。偶然というのは何かといえば、さまざまな原因が組み合わされ、積み重なって、偶然にあるひとつの出来ごとが起こることは間違いない、でもあまりにその要因が多すぎて、どんな原因が積み重なったからこうなったんだといいきることはなかなか難しい。たとえばナポレオンは、ある婦人の特定な卵子と、ある男の特定な精子とが、たまたま一緒になったから生まれた。ナポレオンが、あるところである年月に生まれたこと自体の偶然性は、もちろん数限りない原因から成り立っているにちがいない、だがそれをぜんぶ数えあげることはできない。偶然というのは、そんなふうにできている。こんなポアンカレーの論議を、友達が主人物の津田に喋言《しゃべ》ったことを、津田がおもいうかべるところがでてきます。これはそのあとの作品の伏線になるわけですが、津田は、友達から聞いたポアンカレーの偶然論を思い起こしながら、こうかんがえるところがあります。

じぶんと一緒になるはずのあの女性が、じぶんと一緒にならないで、別な男のところへ嫁にいってしまったのはどうしてだろうか。またじぶんは、あの女性と一緒になるというふうにおもってなかったのに、一緒になったということは一体どういうことなんだろうかというのです。そしてこのばあいの、不可解な仕方でじぶんを遠ざかって嫁《とつ》いでしまった「あの女性」は作品の登場人物清子《きよこ》を、そして、貰おうとおもっていなかったのに結婚するめぐりあわせになった「あの女性」は妻のお延《のぶ》を意味しています。

この津田の暗示めいた独《ひと》りごとをもう少し拡張して、『明暗』のモチーフを一口にいってみたらどうなるでしょうか。もしほんとに偶然の積み重なりがあったら、それは必然ということとおなじになるとおもいます。でもなぜ一般に偶然の積み重なりが必然にならないかといえば、人間と人間の関係とか、人間の生き方みたいなもののばあい、偶然の要素のどこかに、人間の意志が働くものですから、そのぶんだけ必然からずれてしまうのだとおもいます。このずれてしまうところと、こんな人間たちが登場してこんな関係をむすべばこんなことになるという必然が、うまく嚙みあったとき物語としていい作品ということになりそうです。

人間の関係では意志が介在します。そのぶんだけ曲がった要素が偶然につけ加わってしまうわけです。あるいは必然的にそういくはずなのに、意志を強固に、反対側に働かせたために必然からそれてしまったりします。ですから、人間の社会とか、人間と人間との関係というのは、偶然ばっかりがぜんぶ重なったら、必然とイコールなんだというところには、なかなかいかないのだとおもいます。

そうすると、もし人間の運命とか宿命というものがあるとすれば、いつでも偶然と必然のあいだにないまぜられていくということになりそうです。

作品のモチーフ

こんな見方からして『明暗』をみていきますと、この作品のなかでいちばん強い意志の力を働かせて、あるばあいには登場人物の心や行動を曲げてしまうし、あるばあいには仰天させてショックをあたえてしまうような役割をする人物を挙げれば、第一に吉川夫人という、津田の上役の奥さんだとおもいます。それから、もう一人挙げるとすれば、小林という人物です。この小林という人物は、津田の学生時代からの友達なわけですが、津田のような、作品には「上流社会」と書いてありますけれども、上流社会にじぶんの生活圏をもっている人物じゃなくて、下層社会にじぶんの生活圏と生活の感じ方をもっている人物で、いつでも津田を一種の罪障感でおびやかしたり、あるいはねちっこく絡んできたりというような、そういう役割をします。また津田の細君であるお延の世間知の足りないところをついて不安や怖れをあたえます。

小林が、どういうところでそういう力をもっているかといえば、たとえば、津田の妹婿がある特殊な病気のために近所の医者に通っていたことを知っているというふうに書いてある個所があります。「ある特殊な病気のため」と書いてあるので、うっかりすると読み過ごしちゃうんです。これは津田の妹婿が性病にかかって近所の医者に行っていたということを知っているというふうに解釈するべきなのかなとおもうんです。つまりじぶんは他人の弱みを握っているみたいな、あるときには、そういうふうに出てくるわけです。

だから、津田が入院中に、細君のお延のところへ行って、津田からオーバーをもらうことになっているから、それを出してくださいというんですが、ものすごく押しつけがましく、じぶんは津田の昔のことをよく知っているみたいなことをいって、お延をおびえさせるのです。それから、津田にたいしては何かといえば、おまえは生活の苦労をしないから、下層社会に同情がないというようなことをいって絡んでくるというような役割をしています。

小林にたいしては、漱石はそれほど重さを置いてなかったかもしれませんが、読者としてかんがえますと、この小林という人物のもっている気味悪さの役割は、『道草』でいえば養父の島田のように登場人物の罪障感を刺戟するかなり重要な意味をもつようにおもわれます。

もちろんそれよりもっと大きな役割をしているのは吉川夫人という人物だとおもいます。かつて、津田には清子という恋人がいたわけですが、その恋人は吉川夫人に紹介され、そして吉川夫人が近づけるようにしつらえてくれて恋愛状態になるのですが、あるところまでいって突然、清子は、津田から去って、ほかの男性と結婚してしまうわけです。津田は、それがどうしてなのかわからなくて、ひっ掛かっているんですが、半年もたつと、また違うお延という女の人が好きになって、結婚してしまうのです。

清子が津田にも吉川夫人にも何もいわないで、ほかの男と結婚したことにたいして、吉川夫人は責任を感じたり、反感をもったり、不審を感じたりしています。そうして、お延と津田との恋愛が起こってくると、それのまとめ役をあい務めるというふうになるわけで、これは作品の潜在的な前史になっています。吉川夫人の性格は、年下の男性を仕切ることがとても好きで、巧みな、そういう女性として設定されています。女性がエロスを意図的に使うとすれば、母親型になるか、あるいは娼婦型になるか、どちらかだとおもいますが、吉川夫人は典型的に母親型の役割をしながら、じぶんの性を作為し、また解放するみたいな、そういう性格をもっていて、津田は、ほどよくそれに従属させられ、操られています。

ところで、吉川夫人が興味深い性格だということは、悪魔的なところがあって、お延にたいして好意をもってなくて、じぶんのおもい通りの型に入れてしまって、わがままなんかいわせないというように操っていきたい無意識の作為を働かせるところです。それから津田にたいしては、おまえは前の恋人がどうしてじぶんから離れていったか充分確かめもしないうちに、もう次の女性にとびうつって、そしてその女性と結婚してしまった、前の女性にたいしてなんの未練ももたないのかといって、津田を不安にさせるわけです。津田は、じぶんでも疑問におもっているところを、吉川夫人にいわれてやはり動揺し、清子が温泉場で湯治《とうじ》しているけれども、行ってみて、どういう加減でじぶんを離れたか確かめてみる気はないのかと吉川夫人にけしかけられて、そこへ行ってしまうわけです。

それでは、吉川夫人は何をしたいのでしょうか。津田とお延にたいして、ただ不安にさせて、ひっかき回して、そしてもしかしたら、ほんとうの無意識の底まで探っていけば、二人を離反させて、目茶苦茶にさせてしまうというようなことが、願望なのかもしれないというふうに漱石の作品は描いています。

ですから、『明暗』のなかで津田とお延の運命にたいして意志的な作用を及ぼすとすれば、この吉川夫人が最大の力をもつ人物として設定されています。この吉川夫人と小林という二人の人物がいるために、津田とお延は、偶然の積み重なりか、そのままじぶんたち夫婦の自然な運命になっていくというような波立たない平穏な生活にいくことができなくて、いろいろなかたちで自然な必然からずれていくことになります。これが作品の全体を通してのモチーフだとおもいます。

『明暗』のクライマックス

もうひとつ申しあげますと、『明暗』という作品は、漱石が初めて女性と女性とのぶつかり方、かかわり方を自信をもって描いた作品じゃないかとおもいます。

作品の場面で申しあげますと、そのクライマックスのひとつに、お延が津田の実の妹であるお秀《ひで》のところを訪ねていって、二人で問答をするところがあります。父親から津田に月々送ってくる生活費があるわけですが、その生活費が津田が入院した時期に途絶えてしまいます。父親は津田にたいして約束を守らないということで怒っているのですが、津田の妹を介してしか気持ちをいってこないのです。妹は兄である津田を経済的に助けてあげたいとおもっていて、お秀はお金持のだんな様がいるわけですが、じぶんたち夫婦に頭を下げ感謝の気持ちをあらわすのなら、生活費の援助をしてもいいとおもうわけです。津田のほうは妹お秀に頭を下げる気はなくて、もし援助したくて置いていくなら置いていけというような態度で臨むものですから、お秀は怒ってしまうわけです。それをなだめるためにお延はお秀のところへ行くわけですが、そこで問答が起こります。

ひとつは経済的な援助の問題では、お延がじぶんを養育してくれた岡本という叔父からお金をもらっていて、別にあなたがくれなくてもいいんだということで突っ張ろうとします。

それからもうひとつ、お延は、津田がじぶんと結婚する以前に好きな女性がいて、その女性がなんともわからないかたちでほかの男性と結婚してしまったといういきさつがあり、それに吉川夫人が関与しているということをまったく知らないわけです。けれども、お秀や吉川夫人の口の端々《はしばし》とか、津田の物腰《ものごし》、態度から、何か事件が以前にあって、それはじぶんは知らないんだけど、もしかするとそれはじぶんを排斥するために、津田も含めて周囲で事が運ばれているんじゃないかというような疑いをもっているわけです。それで、お秀にじぶんからいわせたくて、問答を仕掛けるわけですが、なかなかお秀のほうはそれに乗ってこないで隠すわけです。

　この二つの事柄を軸にしたお秀とお延のあいだの問答は、たいへん白熱していて漱石が力を入れたクライマックスのひとつだとおもいます。いかにもつくりものの問答だというふうにしか描かれていませんが、緊迫したお延とお秀のいい合いや、駆け引きや、腹の探り合いが実に見事に描きだされています。

『明暗』にはクライマックスがいくつかあるのですが、もうひとつは、お延と、結婚以前にお延をかわいがって養育してくれた岡本とのあいだの問答です。岡本という叔父さんは津田が好きでないわけです。なんとなくうさんくさいというふうにおもっていて、あんな男がいいのかねえというふうに心のなかでおもっています。ところが、お延は、そういうふうに、岡本の叔父さんにいわれちゃうと、ほんとうはどこかで、何かじぶんのわからないことが津田のなかにあるとおもっているところを突かれる思いでショックを受けます。

　でもお延はひとつの確信をもっていて、じぶんが愛情を津田に傾ければ、津田が今どうおもっていようと、絶対にじぶんのほうに津田の愛情を傾けさせることができる、またそうさせないではおかないと心のなかでおもっているのです。だから実際よりもじぶんは津田に愛されているという印象を叔父さんにあたえようとするのです。つまり、津田からはちょっとわからない冷たさを感じているんだというようなことを岡本にいえなくて、じぶんは愛されているというふうに、あくまでも叔父にいおうとするのです。それで叔父のほうは、なんとなくそうじゃないところがあるんじゃないかとわかるような気がするんですが、まあ、こういうものはどんな場合にも効くんだよというようなことをいって、小切手をお延に黙って渡してくれたりします。お延は実際以上に津田からじぶんは愛されているんだと叔父に印象づけようとしますし、岡本のほうでは、ほんとうはそれほど愛されていないんじゃないか、津田の人柄はよくないところがあるんじゃないかとお延にいわせようとします。こういった思惑をこめた岡本とお延の受け応えの場面は、やはり白熱したクライマックスだということができます。

『明暗』のクライマックスは、もうひとつ終わりに近いところにあります。吉川夫人が、津田が入院している病院にやってきたところで、記述の地《じ》の文として、津田には以前に清子という恋人があったが、なんとも理由がわからないまま遠ざかっていって違う男と結婚してしまったというようなことが、連載の回数でいえば百回をはるかに超したところで、初めてあからさまに書かれています。そこで、吉川夫人は、あなたは病気が治ってから、その静養のためにどこか温泉場へ行く気持ちはないか、そこには清子が今行っているはずだ、行って、どういうわけでじぶんから離れたのか確かめたらどうかと津田にけしかけるのです。

漱石が吉川夫人にあたえている特有の性格があります。この複雑で本音のわからない女性は、漱石にしてみれば初めて描いたものですし、またたいへん見事に描かれています。読むものにとってさまざまな解釈の可能性をもてるように描かれているとおもいます。吉川夫人は、前の結婚に津田が失敗したのは、じぶんのせいだとおもっているところがあるかとおもうと、過去のことをほじくって、昔の恋人がどういう理由でじぶんから遠ざかっていったのか確かめてみる気はないかと津田を惑わしてみたりするのです。津田のほうは、吉川夫人のいいつけに従わないことは、上役の奥さんだから、じぶんが職場で困ってしまうみたいな、功利的な意味ではなくて、むしろ性的な意味で吉川夫人のいいなりになっていくより仕方がないみたいに、吉川夫人の性的な作為性が描かれています。この性格は、とても興味深いんですが、ある意味で類型的だといえばいえるので、女性のなかに性というものが作為的に入ってきた場合、どうしても吉川夫人のような振る舞い方になる型があるとおもいます。それでも吉川夫人の性格を造形している漱石の手腕はたいへん見事なものにおもわれます。

『明暗』の記述と主格

『明暗』という作品について漱石自身が触れている文章がひとつあります。それは『明暗』が連載されていたとき未知の読者から文句がくるわけです。その批評に漱石はこたえるかたちで、ちょっと書いています。どういう批評かというと、この『明暗』という作品で、主人物は津田とお延ですが、ある章まで津田が主格として記述されている文体をとっているかとおもうと、ある章からあと、今度はお延が主格であるというかたちで描写が行われ、ある章までくると、また津田が主格であるかのごとき記述の仕方をしている、こういう記述の仕方は、小説作品として反則じゃないかというふうな意味合いの批評です。

それにたいして漱石はこんな答え方をしています。確かに指摘されるとおり、そうしている。しかし、そういう転換にたいしては、じぶんなりによくかんがえて工夫してやっているつもりだというのです。

現在の作家でも、そういうことをやる作家がいます。内容を読む連関は、いずれにせよ、おなじひとつの作品のなかだから、どこかでつながるに決まっているわけですが、そうじゃなくて、記述上の連関なしに、そういうことをやった作品に、出会うことがあります。これは僕にいわせれば、反則だとおもいます。なぜ反則かといいますと、文学作品というのは、漱石の時代でも現在でも近代小説の文学概念でいえば、それが作品のなかに登場するしないにかかわらず、個性ある一人の作家がここにいて、さまざまな登場人物を登場させて作品を書くんだということは、事実問題としてまったく疑いをいれないわけです。

そうすると、ある人物が主格になって、その人物の行いと言動でもって描かれていて、次の章へ行ったら、また違う登場人物が主格になって、その人の言動が物語を紡《つむ》ぎ出していくというようなやり方は、書かれた作品と、一人ここに作家が確実にいてということとあい矛盾するわけです。この反則はもちろん、いわゆる通俗小説といいますか、読み物小説のなかでは平気で行われています。近代文学の概念を、じぶんは本筋として確実に守っているんだというふうにおもっている作家の作品のなかでも、それにしばしばぶつかることがあります。

ところで、これはおかしいじゃないかという未知の読者の指摘にたいして、漱石が工夫しているところは簡単にいくつかに類型的に分けることができます。ひとつは、内容上にちゃんとつながりがつくようにしてあるということです。

たとえば、津田からお延へ、その主格が移る最初のところですけれども、「手術後の夫を、やっと安静状態に寝かしておいて、自分一人下へ降りた時、お延はもう約束の時間をだいぶ後《おく》らせていた」というふうに、四十五章目は始まるわけです。つまり、漱石がいいたいことは、おれは作品のなかでちゃんと津田を眠らせてきたから、これからお延が主格の文章になったっておかしくないでしょうということをいっているとおもいます（笑）。

もうひとつ違う続け方をやっていることがあります。それは主格がまたお延から津田へ移るところで典型的にやっているのです。たとえば九十一章の終わりのところの文章です。「お秀がお延から津田の消息を電話で訊かされて、その翌日病院へ見舞に出かけたのは、お時《とき》の行く小《こ》一時間前、ちょうど小林が外套《がいとう》を受取ろうとして、彼の座敷へ上り込んだ時分であった」というふうに九十一章を終わらせています。そして、「前の晩よく寝られなかった津田は、その朝看護婦の運んで来てくれた膳《ぜん》にちょっと手を出したぎり、また仰向《あおむけ》になって、昨夕《ゆうべ》の不足を取り返すために、重たい眼を閉《つぶ》っていた」というふうに九十二章は始まって、津田が主格の文章に移っています。そうするとこれは内容上はスムーズなつながりは何もないわけです。

九十一章の終わりのところは、お秀がお延から、津田が病院に入院していますという電話をもらって、その翌日、病院に見舞いに出かけたそのときに、だんなが外套をくれるといったんだから、外套を渡してくれというふうに留守中に小林がやってくるんですけれども、あまりに強引な言い草なので、ほんとうかどうかわからないから待っていてくださいといって、急いで女中のお時を病院へ寄越《よこ》すということですね。つまり九十一章の終わりのところで、だいぶいろいろな時間を一カ所にためているということがいえます。小林とか、お時とか、お秀とか、その三者三様の時間を全部おなじ場所に落とし込んでためる描写をしています。そうしておいて、九十二章は、「前の晩よく寝られなかった津田は」というぐあいに、お延から主格を津田に移す文体で始まっています。

つまり漱石が、じぶんなりに工夫をしておりますというような言い方でもって、『明暗』について触れているのは、分類してみれば、ひとつは、その内容上をスムーズに主格が移れるようにしてあるということで、それからもうひとつは、いろいろな人物の時間が同時にそこにたまり込んでいって、なんとなくそれは一区切りだということは、描写のなかでやったうえで、主格を変えているということです。

なぜそういうことをしたんだろうかということは、ひとつはたいへんめんどうくさいことで、やっぱり漱石はくたびれたんだよといえるのかもしれないような気もします。それから、もうひとつは、漱石のこの作品全体にいえるんですけれども、一種の行動的な文体といいましょうか、つまりスタティックに作者がデンと座って、登場人物を動かして、客観的に小説をつくっているというような意味合いではなくて、自在に、作者というものを登場人物のなかにねじ込んでみたり、また地の文のなかにねじ込んでみたりとかいうことが、視角を章によって変えてしまって描写していても全然おかしくない、つまり、主人公を変えてしまっても、そこのなかを貫いている行動的な文体の響きというものはちっとも変わらないということについて、漱石はじぶんなりの自信があってそうしているということかもしれません。

それでも未知の読者の指摘に漱石はやはり、多少はギョッとしたところもあったらしくて、あなたはなにものであろうかみたいなことを、返事のなかで書いています。ということは相当いわれたなという感じというのはあったんじゃないかとおもいます。でも漱石はそんなに、ヘマなことはしてないわけですが、そういう問題は『明暗』を見ていくばあい、とてもおもしろいんじゃないかとおもいます。つまり、『明暗』は途中で、六回ぐらい主格が変わっています。それで、その変わるごとに一種の工夫がしてあるし、また、ある意味で物語上のある転換の意味合いをもたせてあります。

『明暗』を書きつげばどうなったか

だんだん『明暗』という作品の終わりに近づいていくわけですが、このあと漱石が

『明暗』を書きついでいったら一体どういうことになるのかということは、興味をそそられることであります。どうしてかというと、漱石のほかの作品とちがって、この作品はわりに平凡で、卑俗で、ケチくさい卑小な人物たちの、あまり上等ではない葛藤みたいなものをしきりに描いています。つまり、漱石は初めてじぶんを外側に置いた登場人物を登場させて、そういう世界を描いているんです。漱石は晩年にいたって、円熟した技法でいったい何をしたかったんだろうということは、とても興味深いことのようにおもいます。

たとえば『源氏物語』でいうと、雲隠れの巻というのがあるわけですが、この章は何も書いてない空白にしてあるわけです。つまり表題だけなんです。光源氏がそこで亡くなるわけですが、本居宣長は、それを下手くそな手つきでじぶんで埋めたりしています。宣長は『源氏物語』にたいへん傾倒していましたから、そこで興味を覚えて遊んだんだとおもいます。

『明暗』という作品も、そのあとどうなるのかという、創作を含めて、さまざまな人がさまざまな推測の仕方をやっています。吉川夫人と小林の、ある意味で邪悪であるし、悪魔的であるし、善意も含まれている意志と一種のエロスの特異性が潜在的なところにあって、登場人物たちが偶然と必然の戯れをいろいろなふうに狂わされたりしていきつつあるところで中絶されているわけですが、このあとどうなるだろうかという推測をやるとすれば、抽象的な言い方で二つしかいえないだろうなとおもいます。

それはどういうことかといいますと、もしも吉川夫人と小林という二人の悪魔的な、あるいはたいへん強烈な意志力が、大きな役割で出てくるとすれば、たぶん津田とお延の運命は相当破局的なところへいく、そんな筋の展開になるだろうとおもわれます。反対に、吉川夫人と小林の意志力とか、登場人物に及ぼす影響を漱石が縮めて、吉川夫人や小林を罰して、というふうに作者がかんがえたとすれば、この役割はだんだん小さくしていくだろうなとおもわれます。そういうふうになっていきますと、たぶん、紆余曲折《うよきよくせつ》があっても、津田とお延は、またのどかで平凡で、楽しげな生活に戻っていくみたいな結末になるだろうとおもわれます。つまり、批評の筋道からいけば、このどちらかだとかんがえられます。そのどちらへいかせるかは、両方ももちろん可能性があるようにおもいます。

『それから』、『門』、『行人』、あるいは『こころ』というふうにたどってきた漱石の一種の性格悲劇の物語の系譜をおもいうかべてみますと、存外《ぞんがい》、吉川夫人や小林の役割がうんと大きくなって、お延と津田が悲劇的な破局に到達するということもかんがえられなくはないでしょう。でも、概していえば、罰せられるのは津田とかお延じゃなくて、吉川夫人と小林の悪魔的な姿勢と作為のほうで、だんだん役割が小さくなっていって、平穏な日々が津田とお延のあいだに帰ってくるみたいな結末になるようにおもいます。そこはそれぞれ自由に空想したり、こしらえてみたりする余地があるように中断されているわけですが、まずまずそれほど間違いないだろうというふうにいえるのは、その二つの場合のいずれかの方向だとおもいます。

国民的作家漱石もおもしろいし、また狂気じみた作家漱石もおもしろいし、さまざまな意味で漱石は興味ぶかい作家だとおもいます。漱石は人間の宿命ということ、宿命は反復を強いるということをたいへんよくかんがえた作家です。だから、必然的にじぶんはこうなったという面と、もしおれがこういうふうな育ち方をしてなければこうなったはずだというかたちをたいへんよくかんがえぬいた作家です。それを『明暗』にこめながら途中で、衰えも見せないまま倒れてしまったのが作家漱石の生涯ではないでしょうか。

あとがき

　この本は、一九九〇年から九三年にかけて四回にわたってよみうりホールと紀伊國屋書店で喋言った夏目漱石の作品論を、できるかぎり読者にわかり易く、読み易くするために整えたものから構成されている。お喋言にともなう廻りくどさは、できるかぎり避けられていると思う。

　わたしは漱石の作品に執着が強く、十代の半ばすぎから幾度か作品を繰返し読んできた。隅々までぬかりなく読んだので、一冊の本にその学恩ではなく、文芸恩を返礼するのが、わたしの慣例なのだが、江藤淳さんの優れた漱石論があるので、これで充分いいやと考えてそれをしていない。（太宰治についても奥野健男氏の優れた批評文があるのでおなじように考えた。）ところで漱石について作品を論述する機会を与えられ、喜んでそれに応じて、出来るかぎり詳細に作品論を語った。この本の内容がそれである。

わたしはお喋言が苦手だと公言しているし、本当のことでもあり、現在でも最初のときとおなじで、いつまでも慣れない。そしてわたしなりのお喋言についての工夫は一つしかない。それは「書くこと」と「語ること」の中間に論旨の展開の特徴を作れないかという課題だ。これは現在も大部分納得できない結果しか得られないでいるが、稀に思いがうまくいった例もあった。この本はうまくいったと思い込めるものの一つで執着をもっている所以だった。わたしのお喋言は普通の会話調と少しだけ違うと読者が感じられたとしたら望外の幸せである。

この本の成立には間宮幹彦氏や筑摩書房の方々の多大のお世話を蒙ったことを特記したい。またこの本の読者に幸いあれ、と付け加えたい。

二〇〇二年九月三十日

吉本　記

解説　私たちが漱石を持ち吉本隆明を持つ幸運

関川夏央

吉本隆明は、漱石作品中で『門』が「いちばん好き」だという。「いちばんいい作品だとはけっしておもいませんけれど、いちばん好きな作品です」

『門』では、子供のない夫婦のどうということもない生活のありようが「実に見事」に書かれているのだが、小説を満たす「ひっそりさ」が好きなのだという。

役所の下僚である宗助と奥さんのお米さんは、路面電車の終点から歩いて十分ほどの場所、山の手と下町の境目をなす崖下の家に「ひっそり」と住んでいる。そこは、神田川中流にかかった江戸川橋からゆるい坂をのぼった赤城下町あたりと考えられる。新潮社のある高台、矢来町の真下である。

夫婦には、三角関係を経ていまに至ったといういきさつがある。亭主の方はそのことを始終気に病んでいるふうだが、奥さんはただ静かに明るい。

「お米さんという奥方は、漱石がある意味で理想的な女性の類型として描いているのですけど、実にいいなあとおもわせる雰囲気をもっています」

お米は、『坊っちゃん』の清《きよ》、『虞美人草』の糸子、『行人』のお手伝いさんのお貞などに連なる、漱石の「理想的な女性」の一典型である。漱石がえがく彼女らの立居ふるまい、存在そのものを「いいなあ」と思い、懐かしいなあ、とも思う。それこそが、「文学とはもともとこういうものだったんだという感じ」、すなわち「文学の初源性」ではないかと吉本隆明はいうのだ。

『門』は明治四十三年（一九一〇）三月から六月まで東京朝日新聞に連載されたのだが、このとき漱石の体調はすでに悪い。

『それから』を脱稿した前年盛夏以来、胃にひどい不快感がある。明治四十三年二月、東京朝日が次回作の題名を知らせよ、といってくる。漱石は弟子の森田草平に、なんでもいいから勝手に決めてくれ、と頼む。草平は小宮豊隆と相談し、どんな内容になっても大丈夫そうな『門』という題名を選び、朝日に通知したあとで漱石に知らせた。『それから』の続編という腹案はあったにしろ、三月一日の連載開始一週間足らず前に、ようやく着手した『門』は、紙面上では六月十二日に終った。漱石自身の脱稿は六月五日であった。

六月六日、内幸町の長与胃腸病院へ行き、六月十八日に入院した。入院は四十三日にもおよんだせいか胃癌になったという噂が流れ、友人たちはみなびくびくしながら漱石を見舞った。体重は四八キログラムしかない。

退院後、医者の許しを得て修善寺温泉に転地したが、当初から良化のきざしはなく、連日のように胃痙攣に苦しみ、少量の血を吐いた。降りつづく大雨の中、八月二十四日夜、ついに大吐血する。漱石はこのとき一時たしかに死んだ。「修善寺の大患」である。

そんな、いっそ切りとって犬にでも投げてやりたいと思うほどの胃の不快をかかえての執筆であったからか、『門』は暗く救いがないといわれる。

しかし吉本隆明は、好きだという。この人がそういうのならと読み返してみると、なるほどと思う。読む当方が、書いた漱石より年をとってしまったためか、「ひっそりさ」が身にしみる。お米さんの描写に「文学の初源性」とはこれだったか、と心から懐かしい。リービ英雄《ひでお》が赤城下に古い家を買ったと聞いて、それは君、『門』の夫婦が住んだところだぜといったら、文字どおり小躍りして喜んだ。アメリカ人の日本語作家も、あの「ひっそりさ」が好きらしい。

『門』を含め、漱石の小説に出現する三角関係が、西欧のような不倫小説、恋の手管の小説には絶対にならないのはなぜか。三人のうちの誰かが、あるいは全員が破滅しなければすまぬといった方向へ進行するのはなぜか。吉本隆明の立てた問いは、まさに近代日本と近代日本文学の本質を衝いている。

三角関係における男たちは、必ず親友同士である。同性愛に近い緊張感をはらんでさえいる。ゆえに、『それから』に強い刺激を受けた武者小路実篤が、大正八年（一九一九）に書いた小説『友情』も、おなじ構造を持たざるを得なかった。ただしこの場合、三者ともども破滅を避けてあえてパリへ去った男（志賀直哉を髣髴とさせる）を、若い女性は、日本にとどまる男（武者小路を髣髴とさせる）を捨てて追うのである。それが大正的な、また「白樺」的な解決ということであろう。

昭和になると、小林秀雄、長谷川泰子、中原中也の三人が、この独特の関係のありかたを実人生上で実践する。こちらでは、突然姿を消した小林秀雄が頼った先が、当時奈良にいた志賀直哉のもとであったことは象徴的だ。みな漱石山脈の谷や尾根を歩きつづけている。

漱石の、三角関係への執着、あるいは癒しがたい悔恨の源がどこにあったかはわからない。江藤淳は、漱石のすぐ上の兄とその妻であった登世との関係を強調する。漱石と同年の登世は、明治二十四年七月に二十四歳で早逝している。学生時代の旧友、小屋《こや》保治と彼が入夫した大塚楠緒《くすお》が関係しているのだという人もいるが、吉本隆明は具体的な事件を想定しない。

きっかけとしてそういうことがあったということは大いにあり得ても、おもに漱石の資質だろうという。並みはずれて強い自責と悔恨の念を肥大させかつ普遍化して、文学化しなければ決してやまなかった資質である。それは、幼少時の育ちに発して学生時代にはぐくまれ、ロンドン留学体験によってときに病症を呈するまでに発展した、その資質である。

ただし、吉本隆明が指摘するごとく、二歳下の学友、天然居士と号した米山保三郎の投げかける影は濃いようだ。建築家志望であった漱石に文学専攻を勧めた米山保三郎は、漱石をして「文科大学あつてより文科大学閉《と》ずるまでまたとあるまじき大怪物」といわしめた大秀才であった。しかし明治三十年五月、留学を前にして腸チフスで死んだ。二十八歳であった。

そのとき在京していた、高等中学、大学時代の友の多くは葬儀に参列したが、五高在勤中の漱石は不参であった。「空に消ゆる鐸《かね》のひびきや春の塔」は、漱石が後年、米山の肖像写真に手向けた一句だが、私は『坊っちゃん』の末尾を思い出す。

「清が死んだら、坊っちゃんの御寺へ埋めて下さい。御墓のなかで坊っちゃんの来るのを楽しみに待っておりますと云った。だから清の墓は小日向《こひなた》の養源寺にある」

ほほえましくも不吉な一節である。米山の葬儀は小日向ではないが、駒込林町の養源寺で行われた。その記憶が三十九歳の漱石の心に、なにかしらの悔恨とともに噴出したのであろう。米山の存在とその早逝は漱石にとって、私たちの想像以上に大きなものであったようだ。

吉本隆明は、十代の半ばすぎから繰返し読んだ漱石には「文芸恩」があるという。その恩に報ずるために、九〇年から九三年まで、すなわちその六十五歳から六十八歳までの間に行った四回分の講演筆記に入念に手を入れた。その結果、「書くこと」と「語ること」のあわいをスリリングに縫う日本語空間が、ここにたしかに生起した。しかし念には念を入れすぎたためか、親本の奥付にある刊行日は著者七十八歳の誕生日までずれこんだ。

私は、漱石という偉大な作家を持ったことを幸福に思う。それとともに私は、同情心と尊敬心を等量抱きつつ『夏目漱石を読む』をあらわした吉本隆明を同時代に持つことを、得がたい幸運だと感じる者のひとりなのである。

註記

本書に収録された各章のもととなる講演および初出・再録の明細は以下のとおりです。

渦巻ける漱石

講演＝夏目漱石―「吾輩は猫である」「夢十夜」「それから」　一九九〇年七月三十一日、よみうりホール（日本近代文学館主催、読売新聞社後援「近代文学館◆夏の文学教室　明治の文学・作家と作品」における講演）

初出＝「ちくま」一九九〇年十一、十二月号、一九九一年一月号

再録＝『吉本隆明全講演ライブ集　第2巻　夏目漱石（上）』別冊、二〇〇一年十二月二十五日、弓立社

青春物語の漱石

講演＝夏目漱石―「坊っちゃん」「虞美人草」「三四郎」　一九九二年十月十一日、新宿・紀伊國屋ホール（紀伊國屋書店主催、筑摩書房協賛「第五十九回紀伊國屋セミナー」における講演）

初出＝『吉本隆明全講演ライブ集　第3巻　夏目漱石（下）』別冊、二〇〇二年三月二十五日、弓立社（初出題　青春としての漱石）

不安な漱石

講演＝夏目漱石―「門」「彼岸過迄」「行人」　一九九三年二月七日、新宿・紀伊國屋ホール（紀

伊國屋書店主催、筑摩書房協賛「第六十回紀伊國屋セミナー」における講演）
初出＝『吉本隆明全講演ライブ集　第3巻　夏目漱石（下）』別冊、二〇〇二年三月二十五日、弓立社

資質をめぐる漱石

講演＝夏目漱石―「こころ」「道草」「明暗」　一九九一年七月三十日、よみうりホール（日本近代文学館主催、読売新聞社後援「近代文学館◆夏の文学教室　大正から昭和へ・作家と作品」における講演）
初出＝「ちくま」一九九二年一、三、五月号
再録＝『吉本隆明全講演ライブ集　第2巻　夏目漱石（上）』別冊、二〇〇一年十二月二十五日、弓立社

本書収録にあたって、あらためて著者による加筆・修正の手入れがありました。また漱石の作品からの引用は、ちくま文庫版『夏目漱石全集』によりました。

編集部

＊本書は二〇〇二年十一月二十五日、筑摩書房より刊行された。

ちくま文庫

夏目《なつめ》漱石《そうせき》を読《よ》む

二〇〇九年九月十日　第一刷発行
二〇二三年三月十五日　第九刷発行

著者　吉本隆明（よしもと・たかあき）
発行者　喜入冬子
発行所　株式会社　筑摩書房
東京都台東区蔵前二―五―三　〒一一一―八七五五
電話番号　〇三―五六八七―二六〇一（代表）
装幀者　安野光雅
印刷所　明和印刷株式会社
製本所　株式会社積信堂

ISBN978-4-480-42642-0 C0195